いばらの髪のノラ

thorn-haired Nora

I 黄金の心臓

日向理恵子◈作
吉田尚令◈絵

童心社

かつて、人も魔女《まじょ》も、
ひとしく野に住まい、
太陽と月のもとで同じ暦《こよみ》を数えていた。

あるとき、人は火の神を飼《か》いはじめ、
魔女《まじょ》を領地《りょうち》から追いやった。
魔女《まじょ》たちは、神を飼《か》う人と、
住む場所をわかつことにした。

大地の魔女《まじょ》が、棲《す》み家《か》をくみ立て、
息吹《いぶき》の魔女《まじょ》が、それを空へ浮《う》かべた。
波の魔女《まじょ》が、雨と雲で棲《す》み家《か》をかくし、
灯《あ》かりの魔女《まじょ》が、
棲《す》み家《か》に永遠《えいえん》の旅をさせた。

こうして。
人と魔女《まじょ》の住む世界はわかれ、
いまもふたつは、まじわることがない。

第1章

第2章

第3章

第1章

1　魔女《まじょ》の塔《とう》

北の塔《とう》はいつも薄暗《うすぐら》く、わずかにかたむいていた。この塔《とう》は、七つある塔《とう》のなかでもひときわ小さく、また古いので、長らく修理《しゅうり》されていないのだった。

塔《とう》がつねに揺《ゆ》れているのは、建物ぜんたいが空に浮《う》いているためだった。七つの塔《とう》をかたちづくる、おびただしい柱と壁《かべ》、何百もの気球と大小さまざまの渡《わた》り廊下《ろうか》や階段《かいだん》をつないでいるのは、古い魔法《まほう》で鍛《きた》えた糸だ。

晴れていれば、魔女の棲《す》み家《か》をひとつにつないでいる細い糸は、まばゆいばかりにきらきらと光る。けれどもあいにくと、七つの塔《とう》は、たいがいいつでも、灰色《はいいろ》のぶ厚《あつ》い雲をまとっていた。

人間たちから、見つかることのないように。

チリン、チリン。

奇妙《きみょう》にねじれた階段《かいだん》をノラが駆《か》けあがると、足首の鈴《すず》が澄《す》んだ音を立てた。

二本の三つ編《あ》みにまとめた髪《かみ》が、てんで好き勝手にはねまわる。ごわごわとした髪《かみ》がノラの頬《ほお》や肩《かた》を打ち、それに追い立てられるようにして、ノラはますます先へと走った。

塔《とう》のてっぺんは書庫《しょこ》だ。東の塔《とう》にある図書室のように、秩序《ちつじょ》立てて本がならんでいるのではなく、こちらの書庫《しょこ》には古くなって傷《いた》んだ本や、時代がくだるうちに読むことを禁《きん》じられた本が、ごちゃまぜにつめこまれている。

せまい階段《かいだん》のつきあたりの扉《とびら》を、ノラは開いた。

空に浮《う》かぶ塔《とう》の梁《はり》や柱が、ゆっくりときしむ。扉《とびら》を閉《し》めると、天井までとどく本棚《だな》と、本棚《ほんだな》からあふれて床《ゆか》に山をなす本たちが、ノラを外の世界からかくした。扉《とびら》に背中《せなか》を押《お》しつけて、ノラはぐっとくちびるをかんだ。ぼろぼろとこぼれる涙《なみだ》を、手の甲《こう》で何度もこする。息が整わないまま、書庫《しょこ》の壁《かべ》にかかっている標本箱《ひょうほんばこ》の下へ立つと、箱《はこ》におさまっているただ一匹《ぴき》の大きな蛾《が》を見あげた。

〝……また、いじわるをされたのだろう〟

白茶《しらちゃ》けた蛾《が》が、耳には聞こえない声でしゃべった。ノラはうなずこうとするが、おさまりかけの涙《なみだ》の発作《ほっさ》に、しゃくりあげることしかできなかった。

〝ここにいれば、安全だとも。さあ、本を読みなさい。ここにある本は、すべておまえだけのものだから〟

おだやかに言い聞かせると、標本《ひょうほん》の蛾《が》はそっとはばたいて、銀色の鱗粉《りんぷん》が混《ま》じった風を送った。きらきらとひそやかに光るその風のゆくえが、ノラが読むべき本のありかをしめしている。

ノラは、蛾《が》の標本箱《ひょうほんばこ》に背中《せなか》をむけ、本の墓場《はかば》である書庫《しょこ》の奥《おく》に、わけ入っていった。白茶《しらちゃ》けた蛾《が》の標本《ひょうほん》が、その翅《はね》に描《えが》かれた目玉のもようで、ノラを見守っている。

これこそは、ノラのひいひいおばあさんの、その化身《けしん》だった。本人はとうの昔《むかし》に死んでしまったが、その化身《けしん》である蛾《が》だけが、標本《ひょうほん》になって、いまも北の塔《とう》の書庫《しょこ》に君臨《くんりん》している。

ノラはくずれかかった本の山から一冊《さつ》をぬきとると、本棚《ほんだな》にもたれかかってそれを読みはじめた。ページを開くときには、もう涙《なみだ》は止まっていた。

ノラはほんとうは、本を読むのなんて好きではなかった。書《しょ》庫《こ》の明かりとりの窓《まど》からはごくわずかの光しか入ってこず、文字とにらめっこしていると目がしょぼしょぼしてくる。ずっとかがめている背中《せなか》は痛《いた》くなるし、ホコリにむせて、何度もせきが出た。……それでもノラが、だれにもとがめられず、だれに

も危険《きけん》をおよぼさずにいられる場所は、ここしかなかった。ここで本を読むためにじっとしていれば、足首の鈴《すず》が鳴ることもない。

暗くなり、怒《おこ》った姉《ねえ》さんたちがノラを探《さが》しはじめるまで、ノラはここで本を読んですごすのだ。ひいひいおばあさんの化身《けしん》の蛾《が》に、教えられるままに。


チリン、チリン。

夕飯の時間が近づき、ノラは重い足を引きずって、書庫《しょこ》をあとにした。姉さんたちがいやがるので、髪《かみ》や肩《かた》についたきらきらと細かなホコリを、念入《ねんい》りにはらいながら階段《かいだん》をおりる。

北の塔《とう》を出ると、細いつり橋が中央の三つ子の塔《とう》へとつづいている。空では風がさびしく鳴いていて、まだ、星はいくつも見えなかった。一人ぶんのはばしかないつり橋をわたり、中央の塔《とう》のひとつに入ったノラの顔の前へ、ポンと、緑色のボールが飛んできた。

「わっ」

ノラは、とっさにボールをうけ止める。透《す》きとおった緑の球体のなかに、三匹《びき》の生きた魚が泳いでいる。

「ごめんね、ノラ！」

あわてた声に顔をあげると、同じ塔《とう》に住むミキという魔女《まじょ》が、小さな子どものマイマイをうしろから必死でつかまえていた。マイマイは自分の投げたボールをとりもどそうと、ノラにむかって走ろうとしたところだったのだ。

「大丈夫《だいじょうぶ》だったかい？」

両手でボールを持つノラの肩《かた》を、大きな手がつかんだ。丈《たけ》の長い服を着た、ヒタリという魔女《まじょ》の夫――マイマイの父親だった。三つ子の塔《とう》に暮《く》らす五つの家族のうちの一組だ。

「ごめんよ、マイマイが遊んでいたんだ。そんなところから、きみが入ってくるとは思っていなくて……てっきり、住まいにいるものとばかり……今日はきみたち姉《し》妹《まい》にとって、とくべつの日だし……」

ノラは、ヒタリとミキの目が、自分をおそれてきょろきょろ動くのを観察し、ボールのなかで元気に泳ぐ三匹《びき》の魚を見つめた。

「……平気。ちっともびっくりしてないから」

そうつぶやくと、母親に押《お》さえこまれて動けないマイマイに、ボールを投げかえした。小さな手が、ノラのほうったボールをうけ止め、魚たちがそのなかで尾《お》ヒレをふるった。

「姉さんたちが、待ってるよ。もう夕飯のしたくの整うころだろうから」

ヒタリの親切そうな声が、うつむいて歩きだすノラの背中《せなか》へ投げかけられる。けれど、ノラは一度もふりかえらなかった。


こぢんまりとした食堂《しょくどう》には、むらさきの火のろうそくがともっており、天井からは数珠《じゅず》つなぎになった発光輝石《はっこうきせき》が、にぎやかな色の光を揺《ゆ》らめかせていた。

「こら！　手伝いもしないで、なにやってたの？」

ノラの前に立ちはだかったのは、まんなかの姉さんのラウラだ。首が見えるほど短い髪《かみ》は、ノラと同じ黒い色なのに、ふわふわとなめらかに揺《ゆ》れる。

ノラが一歩あとずさったので、足首の鈴《すず》が、リンと弱い音を立てた。

「ほんとにあんたって、なんの役にも立たないんだから。今日はだいじな日なんだよ。くだらないことでむくれてないで、夕飯のしたくくらい、手伝ったらどう？」

ラウラは手に持った小さなかごから、四人ぶんのナイフやフォークをならべてゆく。銀の食器はガチャガチャと音を立て、ラウラの手つきはいかにも乱暴《らんぼう》だった。ラウラは屋根の下でも、いつでもとび色の短いマントをはおったままで、身動きにあわせてそれが大きく揺《ゆ》れた。

「……くだらなくなんか、ないもん」

つぶやきながら、きびすをかえしかけると、足首の鈴《すず》が鳴った。この鈴《すず》は、ノラの動きをひとつももらさず、まわりに伝える。そのためにこそ、姉さんたちはノラの足首からけっしてはずせないよう、魔法《まほう》の糸で鈴《すず》をとりつけたのだ。

「くだらないでしょ」

ラウラに背《せ》をむけたノラの前から、暗い声がかかった。

「ケーキが食べたいなんて、こんな日によく言えるよね」

はっとして顔をあげると、三番めの姉さん――ココが、食堂《しょくどう》の入り口に立っていた。ココは、指のない大きな手袋《てぶくろ》をはめた両手を胸《むね》の前にあわせ、片目《かため》のない人形を抱《だ》きしめている。ノラたち姉妹《しまい》のなかでただ一人、ココだけが、お母さんゆずりの金色の髪《かみ》の毛を持っている。

「今日はお母さんの、お弔《とむら》いの日なのに」

「だ、だって――」

ノラは言いかけたが、静かにこちらをにらみつけるココの視線《しせん》に負かされて、うつむいた。

今日はたしかにお弔《とむら》いの日、ノラたち姉妹《しまい》のお母さんが、十一年前に死んだ日だ。けれど……今日はノラが生まれて、ちょうど十一年めの日でもあった。

生まれた日のお祝《いわ》いなんて、ノラは一度もしたことがない。姉さんたちの誕生日《たんじょうび》には、小さなケーキを食べるのに。生まれてはじめて、自分も同じようにしたいと、ノラは姉さんたちにもうしでた。前の日、前の週、前の月から、どんな言葉をならべてお願いするか、考えに考えて。

が、いま、うつむけた顔を怒《いか》りに染《そ》め、片目《かため》のない人形を抱《だ》く手にぎりぎりと力をこめてゆくココを前にして、ノラはなにもかもを後悔《こうかい》した。

「ちゃんとした魔女《まじょ》でもないくせに。それなのに、自分のしてほしいことばっかり言って、わがまま言って。ノラのためのケーキなんか、だれも焼かない。あんたのせいで……」

言いつのるうちに、ふたつに結《ゆ》わえたココのつややかな金色の髪《かみ》が、パチパチと静電気《せいでんき》を発しながらひろがった。

「あんたのせいで、お母さんは死んだのに！」

さけび声といっしょに、ココの髪《かみ》から金の稲妻《いなずま》が生まれた。ノラの心臓《しんぞう》が、ぎゅっと縮《ちぢ》まる。——と、

「よしなさい」

落ちついた声が響《ひび》いて、食堂《しょくどう》へもう一人の少女、一番上の姉さんが入ってきた。

「ズー姉さん、この二人、今日はもう食事ぬきでいいんじゃないかな。うるさいし、すぐけんかするし」

ラウラがテーブルのはしに手をついて、顔をしかめた。長女のズーはすずしい顔のまま妹たちのわきをぬけ、食堂《しょくどう》のなかへ入ってくると、手にかかえたぶ厚《あつ》い本をパタンと開閉して、かすかな風を起こした。その風が、ココの稲妻《いなずま》をさらりと消し

てしまった。

ズーはまっすぐで長い黒髪《くろかみ》をすべらせて、テーブルの中央の燭台《しょくだい》のむらさきの火のそばへ立った。ズーが本をひろげると、ページのあいだからするするとこまかな文字が這《は》いだし、文字が組みあわさって、テーブルの上に四人ぶんの料理が現れた。甘《あま》く蒸《む》したかぼちゃと、魚のスープと、パンをひときれずつの質素《しっそ》な食事だが、今日だけ使う食器には、どれも『思い出のために』という一文が刻《きざ》まれていた。そして、今日だけ飲む忘《わす》れな草のお酒は、ゴブレットのなかで薄《うす》青や薄《うす》むらさきの涙《なみだ》の色をしていた。

「ココ、ノラ、座《すわ》りなさい」

ズーが椅子《いす》にかけ、ラウラもそれにならった。人形を抱《だ》いたココが、むっつりと椅子《いす》に腰《こし》を落とした。最後にうつむいたまま座《すわ》るノラに、ズーが、ひややかな視線《しせん》をむけた。

「ノラ、いいかげんになさい。わたしたちは、空の上に浮《う》かぶ十二の棲《す》み家《か》をつくっ

た、偉大な四人の魔女の末裔なのよ。儀式《ぎしき》はきちんととりおこなう。今日は、いっしょにお母さんを思いだして、お弔《とむら》いをするの」

落ちつきはらった声で言われ、ノラは、ぎゅっと両の手をにぎりしめた。毎年この日――ノラの誕生日《たんじょうび》は、四姉妹《しまい》が、お母さんの死を悼《いた》む日だ。けっして、お祝《いわ》いの日なんかではない。

泣きだしたかった。けれど、ノラにはお弔《とむら》いのこの日、姉さんたちの前で泣くことなど、できなかった。そんな資格《しかく》は、ノラにはなかった。

それなのに、胸《むね》の底《そこ》になみなみとたまったくやしさが、ノラの舌《した》を動かした。

「……姉さんたちだけで、やってよ。あたし、思いだせないもん。姉さんたちとちがって、お母さんのことなんて、ひとつもおぼえてないんだもん」

ぎゅっと目をつむってひと息に言うと、ノラはテーブルに背《せ》をむけ、駆《か》けだした。

「待ちなさい！」

ズーが立ちあがりかけたが、ラウラがすかさず、こう言うのが聞こえた。

「ほっとこうよ。どうせ、どこにいたってわかるんだから」

チリン、チリンと、足首の鈴《すず》の音が、いくら走ってもノラについてくる。厩舎《きゅうしゃ》へたどりついたときには、ノラは涙《なみだ》と息切れで、まともに空気が吸《す》いこめなくなっていた。干《ほ》し藁《わら》のいいにおいが立ちこめる厩舎《きゅうしゃ》で、青々した草をはんでいた十二頭のヤギたちが一瞬《いっしゅん》顔をあげ、すぐさまノラから興味《きょうみ》をうしなって、食事にもどった。

ノラは厩舎《きゅうしゃ》の円形通路をとぼとぼと歩いてゆき、自分のヤギの前に立った。

「よう、ノラ。ひどい顔だな。またなにか、くだらないことでもしでかしたんだろう」

口をもぐもぐさせながら、雨雲色の毛並みのヤギがこちらへ目をむけた。ノラはぐずっとしゃくりあげ、四角くくぎられたヤギの寝床《ねどこ》の奥《おく》へ、這《は》いこんでいった。すみっこにうずくまるノラを、ヤギがあきれたようすでふりかえる。

「なんだよ、いまは食事中なんだ。しみったれた顔を見せに来るのは、もうちょっとあとにしてくれないか」

りっぱなツノを左右にふるうヤギのうしろすがたを、ノラは顔をゆがめてにらみつけた。

「……ソンガまで、そんないじわる言わないでよ」

「うるさいな。どうせまた、ネズミにでもびっくりして、よけいな魔法《まほう》をかけてしまったんだろ」

ノラは自分のひざ小僧《こぞう》を、かたく抱《だ》きよせた。

「ちがうもん」

「へえ？　ノラが泣きながらここへ来る

のは、おどろいた拍子《ひょうし》に魔法《まほう》をかけて、姉さんたちにしかられたときばかりじゃないか。そうじゃなきゃ、その髪《かみ》のことをからかわれたときだ」

ノラはもう、しゃべるのをあきらめて、ひざに顔をうずめた。ソンガは小さな主《あるじ》に背《せ》をむけ、ほかのヤギたちと同じに、むしゃむしゃと草をはんだ。

じっとしていると、棲《す》み家《か》が上空の気流に押《お》されてきしむ音や、ヤギたちのひづめの立てる音、それから自分の弱々しい心臓《しんぞう》の音までも、聞きとることができた。魔女《まじょ》は、心臓《しんぞう》で魔法《まほう》をかける。魔法《まほう》の力をめぐらせる心臓《しんぞう》は、ほんとうならばもっと強く、よどみなく打っていなくてはならないのに。

ノラの心臓《しんぞう》は、生まれてすぐに一度、止まりかけた。棲《す》み家《か》にいるだれにもたすけることができなかったノラの心臓《しんぞう》をなおしてくれたのは、魔女《まじょ》ではなく、地面の上に住む人間の医者だった。……けれど、生まれたてのノラといっしょに、ぐあいを悪くしていたお母さんは、たすからなかった。

お父さんは鼓動《こどう》をとりもどしたノラと、もうつめたくなっていたお母さんを棲《す》み家《か》へつれてもどると、そのままどこかへすがたを消してしまったという。ノラの三人の姉さんたちは、そのときに、親を二人ともなくしてしまったのだ。姉妹《しまい》のなかで、ノラの髪《かみ》だけが針金《はりがね》のようにごわごわしているのも、人間に心臓《しんぞう》をさわらせたせいなのかもしれない。

どうしてこんなことになったのか、ノラはなにも知らないし、おぼえていない。わかることはただひとつ、自分がとんでもない落ちこぼれで、姉さんたちのお荷物だということだけだった。

「……ソンガ、あたし、今日ここで寝《ね》てもいい？」

たずねると、ヤギはぶるっとツノをふるった。

「おことわりだね。ツノも持ってないふにゃふにゃは、ちゃんとベッドで寝《ね》るもんだ」

「ソンガのいじわる」

やがて呼吸《こきゅう》が落ちつくと、ノラはそっと立ちあがった。どんなにそうっと歩いても、鈴《すず》はかならず音を立てる。一度止まりかけた心臓《しんぞう》のせいで、おどろいた拍子《ひょうし》にだけ魔法《まほう》をかけてしまうノラが、どこにいてもわかるようにとつけられた鈴《すず》だ。うっかりノラをおどかさないよう、ノラがとんでもない魔法《まほう》をかけてしまわないように。……チリンチリンという音が、ノラがどんなにだめな魔女《まじょ》かを、いつもわめきたてながらついてくる。

できるだけ音がしないよう足を引きずりながら、ノラは姉さんたちがそばにいる寝室《しんしつ》ではなく、北の塔《とう》の書庫《しょこ》へむかった。

夜の書庫《しょこ》は月の裏側《うらがわ》のように暗くて、そのなかに、ひいひいおばあさんの化身《けしん》の蛾《が》のすがただけが、ぼうと浮《う》かびあがっていた。魔女《まじょ》に生まれついたノラの目は、暗闇《くらやみ》でもものを見ることができる。ぶつからずに本の山をよけ、蛾《が》の標本箱《ひょうほんばこ》の真下へ行くと、ひいひいおばあさんにむけてつぶやいた。

「……ひいひいおばあちゃん、今夜はここで寝《ね》させてね」

すると標本《ひょうほん》の蛾《が》が、はた、と翅《はね》をはばたかせた。

〝そんなに悲しんでいては、眠《ねむ》れないだろう。本をお読み〟

ノラは力なく、首を横にふった。いくら魔女《まじょ》の目でも、ここまで暗くては文字を読むのはむずかしいし、いまはとても本など読む気分ではなかった。

「ひいひいおばあちゃん、どうしてあたしだけ、ちゃんと魔法《まほう》が使えないんだろう。どうして、姉さんたちみたいにできないんだろう？」

言いながらノラは、知らず知らず、自分の胸《むね》に手をあてた。そこに入っている、ノラの心臓《しんぞう》。生まれてすぐに止まりかけ、魔女《まじょ》を追放《ついほう》した人間がなおした心臓《しんぞう》。

〝魔女《まじょ》は、心臓《しんぞう》で魔法《まほう》をかけるんだよ〟

「知ってるよ、おばあちゃん。あたしの心臓《しんぞう》が、まともじゃないせいなの？　だから、自分がかけたいときに、魔法《まほう》をかけられないの？　みんな、いらないって。びっくりした拍子《ひょうし》にしか、魔法《まほう》をかけられない魔女《まじょ》なんて。――いつになったら、これは、なおるんだろう？　なおるのかな、おばあちゃん？」

ひいひいおばあさんの化身《けしん》の蛾《が》は、返事をせずに、ふたたび大きな翅《はね》をはためかせた。

ノラはうなだれ、かたくて太い三つ編《あ》みの先をいじった。ごわごわとかたい、いばらのような髪《かみ》。ノラは自分のこの髪《かみ》の毛も、大きらいだった。お母さんの髪《かみ》は、ココと同じ金色だったという。ズーもラウラも黒い髪《かみ》だが、もっと細くてやわらかい。自分は、姉さんたちのほんとうの家族ではないんだ……ノラはたびたびそう考え、ほんとうにそうならいいのにと思った。ノラが姉さんたちと、なんの関係もないのだったら。けれども、それならなぜ、ノラはここにいるのだろう？

そのとき、窓《まど》から月明かりがさした。

小さな窓《まど》から入りこんだ月の光は、ひいひいおばあさんの飛ばした鱗粉《りんぷん》を巻《ま》きこんで、一直線に本棚《ほんだな》のすきまへ吸《す》いこまれた。なにかの気配《けはい》を感じて、ノラはふりかえった。

本棚《ほんだな》のむこうへ、その光はむかっていた。本棚《ほんだな》をまわりこんでみると、さらにその先へと細い光が導《みちび》く。ノラは青白い光の道をたどって、たおれかけた本棚《ほんだな》の奥《おく》、月光がさししめしているところをのぞきこんだ。

そこには、背《せ》がほどけてばらばらにくずれかけた本がつみかさなっていて、床《ゆか》につっぷすようにページを開いて落ちている一冊《さつ》の本の表紙を、細い光は照《て》らしていた。ひびわれた革《かわ》の表紙におされた金のしるしが、蛾《が》の鱗粉《りんぷん》を浴《あ》びて切れ切れにかがやいた。

ノラはほかの本の下からその一冊《さつ》をぬきとると、いまにもくずれそうなページをささえ、慎重《しんちょう》に裏《うら》がえした。ホコリが舞《ま》いあがって、ノラの目とのどを襲《おそ》う。月明かりにかざしながら、そっと表紙をめくる。これを読めと、ひいひいおばあさんが教えているのだ。インクはかすれ、紙は虫に食われて、とても読めるものではなかった。おまけに、ノラにはまだむずかしい言葉がたくさん使われていて、ほとんど意味がわからない。それでもしんぼう強く、ノラは小さくひしめく文字に目をこらした。

と、ふいにひとつの言葉がくっきりと目に飛びこんできて、ノラの心臓《しんぞう》を深く打たせた。

〈黄金《おうごん》の心臓《しんぞう》〉。

その文字列が、ノラの瞳《ひとみ》にしみついた。ノラはまばたきも忘《わす》れて、その言葉の前とうしろの文章を読もうとした。ぐっと目を近づけ、言葉の意味を思いだし、あるいは推測《すいそく》しながら読むうちに、鼓動《こどう》はどんどんはやくなっていった。

（……このためだったんだ）

ひいひいおばあさんが、べそをかいて逃《に》げてきたノラに、ここにある本を読みなさいといつも言ったのは。ノラが、ここで本を読んでいなければ、この本を見つけられなかっただろうし、いままで読むための訓練《くんれん》をしていなければ、この文章を読むことはできていなかっただろう。

——魔女《まじょ》と人間が住む土地をわかつ以前に、地上にとり残された〈黄金《おうごん》の心臓《しんぞう》〉は、魔法《まほう》の力をなおく、また強くするものだと伝わっている。その心臓《しんぞう》を胸《むね》に入れた魔女《まじょ》は、あやまつことなく魔法《まほう》を行使し、その力を完全にわがものとするだろう。——


朽《く》ちかけた本のページには、そう書かれていた。

〈黄金《おうごん》の心臓《しんぞう》〉。それこそは、ノラに必要なものだった。

（地上……人間の暮《く》らす場所……）

ノラは生まれた直後にしか、地面の上へおりたことがない。人間の医者に心臓《しんぞう》をなおしてもらったというときにしか。姉さんたちだって、一度も地面をふんだことがないにちがいない。魔女《まじょ》は、人間のところへ行ってはならない。地上の世界はとてつもなくひろく、危険《きけん》で、人間は魔女《まじょ》を憎《にく》んでいるのだ。

やがて雲が動いたのか、窓《まど》からまっすぐさしこんでいた月光がかき消えた。暗さとともに、ノラのなかにふたつの考えが立ちあがり、せめぎあった。

（人間のいるところへなんて、一人で行けるわけがないんだ。だれも、ついてきて

くれるわけがないし。……知らない場所で、見たこともないものを、見つけられっこない）

ノラは、痛《いた》む目をこすった。

（だけど、このままじゃだめなんだ。あたし、ちゃんとした魔女《まじょ》にならなくちゃ。この〈黄金《おうごん》の心臓《しんぞう》〉っていうのが見つかれば、あたしも姉さんたちみたいになれるかもしれない。そうすれば……）

そうすればノラは、みんなの邪魔《じゃま》にならずにすむ。落ちこぼれでいないですむのだ。

ノラはほどけた綴《と》じ紐《ひも》をぬいて、〈黄金《おうごん》の心臓《しんぞう》〉について書かれたページを本からはなした。ひいひいおばあさんの化身《けしん》の蛾《が》の下へもどると、そのページを標本箱《ひょうほんばこ》にむかってかかげた。

「ひいひいおばあちゃん、あたし、どうしたらいいだろう？」

ノラの声はいかにも細く、風でも吹《ふ》けばかき消されてしまいそうだった。それでも、こたえがほしかった。〈黄金《おうごん》の心臓《しんぞう》〉のことを知ったいま、自分はどうすればいいのか、道をしめしてほしかった。

けれども、標本箱《ひょうほんばこ》の蛾《が》は、もうしゃべらず、翅《はね》もはためかせなかった。

真夜中近く。

ノラは自分の部屋で、いちばん大きなカバンに荷物をつめていた。ノラのベッドの近くにあるこまごましたものを、つめこめるだけつめこんだ。といっても、ノラには本格的《ほんかくてき》な魔法《まほう》の道具も、お気に入りの人形もないので、荷物はたいしたかさにはならなかった。

ノラはあの本のページを折りたたみ、竜《りゅう》の鱗《うろこ》を縫《ぬ》いつけた丈夫《じょうぶ》な袋《ふくろ》に入れると、長いひもを通してそれを首からさげた。けっしてなくさないよう、袋《ふくろ》を服のなかへかくした。

となりの部屋で、姉さんたちは眠《ねむ》っている。そうっとそうっと、部屋を出た。

ドアのところで、一度ふりかえった。

ノラの部屋のむこうでは、ノラのせいで両親をうしなった三人の姉妹《しまい》が、ぐっすりと寝入《ねい》っているはずだった。

(ズー姉さん、ラウラ姉さん、ココ姉さん……あたし、きっと、ちゃんとした魔女《まじょ》になって、もどってくるから。そうしたら、今度こそ、ちゃんと姉さんたちの妹に、なれるよね？)

これ以上いると、見つかってしまうかもしれない。ノラはちっぽけな自分の部屋に背《せ》をむけ、ソンガのいる厩舎《きゅうしゃ》へむかった。

部屋の床《ゆか》に、目が片方《かたほう》しかない人形が落ちていたのだが、ノラはそれに気がつかなかった。

「ソンガ！　……起きて、ソンガ！」

暗い厩舎《きゅうしゃ》でささやきかけると、ソンガは、うるさそうに耳をぴくぴく動かした。

「……なんだ？　またなにかやらかしたのか？」

しかし目を開《あ》けたソンガは、ノラがマントをはおって大きなカバンを肩《かた》からかけ、鞍《くら》と手綱《たづな》を運んできているのを見て、さすがにおどろいた顔をした。

「おいおい、いったいなんのつもりだ？」

まばたきをくりかえすソンガに、ノラはすばやく鞍《くら》をのせ、手綱《たづな》をつけた。

「見つけに行くんだ。ソンガ、飛んで。飛んで、地面の上まで行ってほしいの」

「なんだって！」

ソンガがひづめを鳴らそうとするのを、ノラは手を伸《の》ばして止めた。

「行かなくちゃならないんだ。地面の上にある、〈黄金《おうごん》の心臓《しんぞう》〉を探《さが》すの。それを胸《むね》に入れれば、あたし、ほんものの魔女《まじょ》になれるんだ」

言いおわる前に、ソンガがやわらかい鼻面《はなづら》を、ぐっとノラの顔に近づけてきた。

「いいか、ノラ。おまえは魔法《まほう》が下手《へた》くそだってだけで、ほんものの魔女《まじょ》なんだよ。そんな、わけのわからないことをしに、地上にむかうなんてのはごめんだね」

「でも、行くの。そうじゃなきゃ……」

ノラが、かぶりをふろうとしたとき――

厩舎《きゅうしゃ》の入り口に、細い影《かげ》が立った。

「ノラ、なにしてるの？」

とつぜんかけられた声に、ノラは小さく飛びあがり、足首の鈴《すず》がチリンとふるえた。

それは三番めの姉さん、ココの声だった。――が、耳がそれを聞きわけるより、ノラの心臓《しんぞう》がびっくりするほうが、ほんの一瞬《いっしゅん》はやかった。

ドクン、鼓動《こどう》がはねあがり、魔法《まほう》はかかってしまった。

眠《ねむ》っていたヤギたちが、いっせいに悲鳴《ひめい》をあげた。が、それはヤギの声ではなく、けたたましいニワトリの声になった。大きく太ったニワトリたちが、狂乱状態《きょうらんじょうたい》ではねまわり、入り口に立つココめがけて飛びかかっていった。ニワトリたちはたすけを求めてなだれかかったのだろうけれど、ココは十二羽ぶんのはばたきと蹴爪《けづめ》とくちばしに襲《おそ》いかかられ、かん高い悲鳴《ひめい》をあげた。

寝《ね》ていたところをニワトリに変えられたヤギたちは、ココの金色の髪《かみ》をめちゃめちゃにし、腕《うで》から人形をむしりとりそうになった。飛びはね、駆《か》けまわり、はばたいてあたりに羽根《はね》をまきちらした。

「や、やっちゃった……」

ノラは、自分の口を両手でおおった。

「行こう、ソンガ！」

幸《さいわ》いにもソンガは、ニワトリになっていなかった。ノラは鞍《くら》にまたがると、ココの悲鳴《ひめい》を背後《はいご》に聞きながら、手綱《たづな》をにぎった。ソンガは駆《か》けだし、厩舎《きゅうしゃ》の出入り口、世話係の魔女《まじょ》が使うものとはべつの、外へ通じる大きな戸口へむかった。ツノを前へかざして戸口のかんぬきを破《やぶ》ると、床《ゆか》を力いっぱい蹴《け》りつけて、高々と夜空へおどりあがった。

「ご、ごめんね、ココ姉さん……」

ノラは、うしろをふりかえる。厩舎《きゅうしゃ》のなかは上を下への大さわぎで、ココの悲鳴《ひめい》がまだ聞こえてきた。

「まったく、ノラは、どうしようもないやつだ。姉さんたちが、ただじゃすまさないぞ」

ソンガが悪態《あくたい》をつく。雨雲色のヤギは、ひづめで空気を蹴《け》り、幾百《いく》もの気球と七つの塔《とう》からなる魔女《まじょ》の棲《す》み家《か》、その周囲《しゅうい》をおおう黒い雲のすれすれを飛んだ。

ノラはしばらく息を止め、心臓《しんぞう》が落ちつくのを待った。

「ソンガ、お願い。あたし、もう、こんな魔法《まほう》しか使えないのは、いやなんだ。〈黄金《おうごん》の心臓《しんぞう》〉を、探《さが》しに行く！」

ソンガは、鼻からため息を吐《は》きだした。

「泣き虫のくせに、がんこ者。ノラのヤギなんかになったせいで、おれまでひと苦《く》労《ろう》なんだよ」

ノラは自然と浮《う》かんできた涙《なみだ》を、ぎゅっとまぶたをつむって追いだそうとした。

ソンガが急に、頭を下へとむけた。

「だけどこうなったからには、ノラは今夜、ベッドにもどれそうもないな。やれやれ、まあいいだろう。いいか、ノラ。さっさとその黄金《おうごん》のなんとやらを見つけて、おまえは、ちゃんとみんなと同じ、あたたかいベッドで眠《ねむ》れるようになるんだ」

ノラはソンガの言葉に、目を見開こうとしたが、すぐに顔をあげていられなくなった。ソンガが、魔女《まじょ》の棲《す》み家《か》を守る雨雲につっこんだのだ。つめたい雨が全身を打ち、雷《かみなり》がとどろく雲のただなかを、ヤギは力強いひづめで、一気に駆《か》けぬけた。

どれほどの時間がかかったのか、ノラにはわからなかった。すさまじい風でふさがっていた息が、ようやくふつうにできるようになったとき、銀色の光がノラとソンガをつつんだ。雲をぬけ、月明かりのもとへ出たのだ。

青ざめた満月が、小さな魔女《まじょ》と、魔女《まじょ》を乗せたヤギをその光のなかへうけ入れた。

夜空は静かそのもので、月が明るいせいで、星たちはおとなしかった。魔女《まじょ》の棲《す》み家《か》はちょうど、大きな湖の真上を移動しているところだったらしい。眼《がん》下《か》は鏡のような湖面で、そこにもうひとつの月が、まろやかに

照《て》っていた。

「ソンガ――ソンガ、あたしたち、旅に出たんだよね？」

ノラがさけぶと、ソンガはフンと、鼻から息を吹《ふ》いた。

「旅なんて、とっととおわらせたいね。いつもの厩舎《きゅうしゃ》で寝《ね》るのが、いちばん気に入ってるんだからな」

湖に自分たちの影《かげ》が映っているのを、ノラは見た。それはいかにもちっぽけで、けれどもその進み方は軽やかだった。ノラは、自分の心が体におさまりきらず、外側へあふれてゆくのを感じた。

外の世界へ来た……ノラは本のページが自分たちを〈黄金《おうごん》の心臓《しんぞう》〉へと導《みちび》いてくれるよう、胸《むな》もとの竜《りゅう》の鱗《うろこ》の袋《ふくろ》を、手のなかににぎりしめた。

2　火の巣穴《すあな》

日ざしがまぶたをくすぐって、ノラは目をさました。いつものベッドで目ざめたときより体があたたかいのは、ソンガの胴体《どうたい》によりかかって眠《ねむ》ったからだった。手でさわれそうなほどくっきりとした陽光が、朝露《あさつゆ》をやどした木の葉や草の葉をあたためている。

ノラは、ソンガの毛並みから手をはなさずに体を起こし、あたりを見まわした。まだ夢《ゆめ》のなかにいるのかと、何度かうたがって、それからぷるぷると頭をふった。土の上にいる。土から草が生え、木が根をおろして枝《えだ》を天へ伸《の》べていた。空の上の棲《す》み家《か》にも庭園や温室はあったけれど、こんなにたくさんの植物が、どこまでもかさなりあってひとつの景色になっているのを、ノラはこれまで見たことがなかった。

空気は甘《あま》かった。ノラのつむじを、ざわっと小さなふるえが駆《か》けぬけた。胸《むね》のなかに泉《いずみ》ができたかのように、なにかがこんこんと湧《わ》きあがってくる。来てしまったのだ。地面の上へ。

ソンガが首を伸《の》ばし、ツノをふるった。

「やれやれ。地面ってのは、藁《わら》の上ほど、寝心地《ねごこち》はよくないな」

そう言ってソンガは立ちあがると、二、三歩進んで、地面に生えた草を食べはじめた。

「……すごい。地面の上って、ヤギのごはんが食べほうだいじゃない」

ソンガは、うまそうに口をもぐもぐさせながら、金色の目をノラにむけた。

「おい、ノラ。もちろんだとは思うが、ちょっとくらいは、自分の食べるものを持ってきてるんだろうな？　もしないんなら、探《さが》すこった。魔女《まじょ》に食えるものが、地べたにもあるといいんだがね」

ノラはあぐらをかいて、髪《かみ》を編《あ》みなおした。ゆうべ、ノラたちは棲《す》み家《か》をあとにし、大きな湖の上を通過すると、森へ入って野宿《のじゅく》をしたのだった。あまり古そうな森には見えなかったので、危険《きけん》はすくないはずだと、二人でおりることに決めたのだ。

「うるさいな。ちゃんと、持ってきてるよ」

すこしだけど、という言葉を、ノラはごわつくたっぷりの髪《かみ》の毛といっしょに、三つ編《あ》みに押《お》しこめた。

「顔を洗《あら》ってくる」

耳の底に、ひんやりとした気配《けはい》を感じる。近くに川が流れているのを、ノラに生まれつきそなわっている魔女《まじょ》の能力が探《さぐ》りあてていた。

「気をつけろよ。地べたには人間だけじゃなく、危険《きけん》なものがうんとこ住んでるらしいぞ」

自分だけ朝ごはんを食べながら警告《けいこく》するソンガに背《せ》をむけ、ノラは重いカバンをさげて歩きだした。多少はなれても、ノラの足首の鈴《すず》が響《ひび》くから、はぐれる心配はない。

木々の切れ間から、空を見あげた。いくつもの気球と塔《とう》をつらね、厚《あつ》い雲に守られた魔女《まじょ》の棲《す》み家《か》は、どこにも見えなかった。気流に乗って、もううんと遠くはなれてしまったにちがいない。

（……姉さんたち、いまごろ、ほっとしてるかな。もう、この鈴《すず》の音に、びくびくしなくてすむんだもん）

木の根をまたぎこえる。森の地面はまっすぐではなく、ぐねぐねとかたむいてばかりいて、北の塔《とう》の階段《かいだん》にどこか似《に》ていた。

やがて前方から、水の音が響《ひび》いてきた。顔をあげると、木立のむこうに、流れる水が光るのが見えかくれしている。

「あった！」

チリン！　いきおいよく流れる川の前まで駆《か》けだし、けれども流れのそばへ近づかずに、ノラはそばの木に寄りかかって立ちつくした。

朝の光をうれしげに浴《あ》びてうねって流れる、川のむこう。いちめんに黄金色《こがねいろ》の、なだらかな平原がひろがって風にそよいでいる。その金色の上には、高らかに青い空が開けている。

「うわあ……」

思わず声がもれる。

わくわくするようなかおりが鼻をくすぐる。波打つ金色の植物は、みのりなのだった。だれかの手によって育てられ、まもなく収穫《しゅうかく》のときをむかえようとしている、みのりの植物だ。黄金色《こがねいろ》の波のはてへ視線《しせん》をむけると、細い煙《けむり》が幾本《いくほん》か立ちのぼるのが見えた。風に乗って、水車《すいしゃ》がまわる音も聞こえてくる。

ノラの全身に、しびれるような緊張《きんちょう》が走った。人間だ。むこうに、人間の住む土地があるのだ。

ノラは、寄りかかっていた木のうしろへゆっくり身をかくすと、幹《みき》を背《せ》にして座《すわ》りこんだ。竜《りゅう》の鱗《うろこ》を縫《ぬ》いつけた袋《ふくろ》をたぐりだし、なかから本のページを出してひろげた。

――〈黄金《おうごん》の心臓《しんぞう》〉は、魔女《まじょ》と人とがともに生みだした、この世のなにごにもまさって貴重《きちょう》なものである。万が一にも傷《きず》つけられたり、盗《ぬす》まれることをさけるため、注意深く誠実《せいじつ》なものたちによって、守られねばならない。

忠実《ちゅうじつ》なる人間たちが住まう土地の奥深《おくぶか》くに、それはかくされる。いつか真に〈黄金《おうごん》の心臓《しんぞう》〉をあつかう者が現れるとすれば、世界の器の役割をはたし、人と魔女《まじょ》とのかきねをなくすであろう。――

小さな文字たちが、木《こ》の間《ま》からそそぐ日の光をまぶしがって、インクを反射《はんしゃ》させた。

（……昔は魔女《まじょ》も人間もいっしょに暮《く》らしてて、地面の下にかくしたってことは、人間の住む場所の近くにあるってことだよね）

ノラはたいせつなページを袋《ふくろ》へもどし、小走りにソンガのもとまでもどった。川で顔を洗《あら》うのも、水を飲むのも忘《わす》れていた。

「ソンガ！　たいへんだよ、近くに人間がいるの。川のむこうに……」

ノラが駆《か》けもどると、まだ草を食べていたソンガは、暗灰色《あんかいしょく》の毛並みをぶるっとふるわせた。

「そりゃ、人間もいるだろうよ。魔女《まじょ》を追いだしちまうほど、地べたは人間だらけなんだ。で、ノラが探《さが》しに来たのは、人間じゃなくて、なんとかの心臓《しんぞう》だったよな？」

ノラは頬《ほお》をふくらませ、足首の鈴《すず》をわざと鳴らした。

「もう！　あんたって、皮肉《ひにく》しか言えないの？　もちろん探《さが》しに来たのは〈黄金《おうごん》の心臓《しんぞう》〉だけど、きっとそれは、人間たちの住む土地の近くにかくされてるんだ」

ソンガは口のなかの草を飲みこんで、聞こえよがしにため息をついた。

「そいつは、たしかなんだろうな？　いいか、ノラ。なぜ魔女《まじょ》が土地を追われて、空の上に住むことになったのかは、知ってるよな」

「……神炉《じんろ》のせいでしょ」

ノラの声が小さくなった。姉さんたちやほかの家族の大人たちに、勉強を教わるときのくせだった。

神炉《じんろ》。火を生む神の名前だ。

「そうだ。火の神を飼《か》いならして、人間は魔女《まじょ》を追いはらった。神炉《じんろ》のおかげで、人間は強い力と豊《ゆた》かさを手に入れたからだ。だけど、それだけなら、魔女《まじょ》を追いだす道理《どうり》はない。それまでよりも豊《ゆた》かになったのなら、人も魔女《まじょ》もいっしょに暮《く》らしてゆけるはずだものな」

ソンガが語る言葉は、ノラが幼《おさな》いころからくりかえし聞かされてきたのと同じ、魔女《まじょ》と人のわかれ道の物語だった。大人たちからしつこいほど教えられてきたその話は、けれども、地面の上で聞くと、いっそう体の奥《おく》深くまで響《ひび》いてくるようだった。

「魔法《まほう》の力をもともと持っていた魔女《まじょ》は、人間たちにとって目ざわりだったんだ。自分たちより強い存在《そんざい》だった魔女《まじょ》を、人間はねたんで、憎《にく》んでいた。だから魔女《まじょ》を邪魔者《じゃまもの》として、敵《てき》としてあつかうようになった――」

「もう、わかってるってば！」

ノラは両手をかざして、ソンガの話をさえぎった。

「だから、あんまり近よるなっていうんでしょ？」

ソンガは金色の目を、読みとりがたく光らせた。ノラがうつむくと、言うことを聞かないごわごわの三つ編《あ》みが、二本そろって肩《かた》の上ではねた。

「でも、あたし、決めたんだ。ぜったいに、〈黄金《おうごん》の心臓《しんぞう》〉を探《さが》さなきゃ。そりゃ、いくらかは人間のそばへも行かなきゃならないと思うけど、人間が〈黄金《おうごん》の心臓《しんぞう》〉をかくし持ってるっていうわけでもなさそうだし」

ノラはここに、書庫《しょこ》の蛾《が》の標本箱《ひょうほんばこ》を持ってきていればよかったと思った。古い本からぬきとってきたページに書かれたことだけでは、自分がこれからしようとしていることが、いかにもたよりなく思われてくる。

「人間と魔女《まじょ》って、見た目ではほとんど同じなんだって教わったよ。そうだよ、だから、魔女《まじょ》だってばれないように、人間のふりをしてればいいんだ！」

ぱっと顔をあげてさけぶと、ノラはその場でくるりとまわってみせた。針金《はりがね》みたいにかたい黒髪《くろかみ》の三つ編《あ》みはともかく、耳に揺《ゆ》れる月照鉱物《げっしょうこうぶつ》の耳飾《みみかざ》りや、足首の鈴《すず》のどんな刃物《はもの》でも断《た》ち切れない糸、薬草の刺繍《ししゅう》があしらわれた衣服を、ソンガはいかがわしげな目つきでねめつけた。

「それで、その〈黄金《おうごん》の心臓《しんぞう》〉とやらは、どこにあるんだ？」

「地面の下だって」

「どこの地面か、わかるのか」

「それは……わかんないけど」

プシュッ、と、ソンガが鼻を鳴らした。

「魔女《まじょ》の棲《す》み家《か》とちがって、地面ってのは、とんでもなくひろいんだがね」

「わかってるよ！　だから探《さが》すんだもん。見つけるまで、帰らないんだもん」

ノラがむきになって言うと、ソンガは先に歩きだしながら、からかうようにこう言った。

「〝帰らない〟じゃなくて、〝帰れない〟だろ。

ノラが年をとって、その髪《かみ》の毛が残らずまっ白になる前に、見つかるといいんだが」
ノラは浮《う》かんでくる涙《なみだ》を必死でこらえながら、頬《ほお》をふくらませて、ソンガのうしろすがたをにらみつけた。とにかくこんなふうにして、ノラたちの地面の上での第一歩ははじまった。

すこしでもそれらしく見えるよう、ノラはソンガの背中《せなか》に乗らずに、手綱《たづな》を引いて歩いた。人間のことを書いた本の挿《さ》し絵で、こんな子どもを見たことがあったのだ。挿《さ》し絵の子どもがつれていたのはロバで、なまいきそうな顔をしたヤギではなかったけれど。

おなかはへっているのに、緊張《きんちょう》のために、なにかを食べたいとは思わなかった。
二人は森のなかをぐるっとまわりこんで、川と農地のむこうに見えた人間の集落《しゅうらく》へ近づいてゆこうとしていた。いきなり人間たちのまんなかへ入ってゆくわけではない。とにかく、なにかの手がかりをつかまなければ。〈黄金《おうごん》の心臓《しんぞう》〉か、なにかそれにかんすることを知っている人間が、きっといるにちがいない……考えれば考えるほど、いかになんの準備《じゅんび》もなしに棲《す》み家《か》を飛びだしてきたかを思い知るようで、ノラはもう、足を前へ動かしつづけることだけに集中した。

ノラは旅のとちゅうで、家族とはぐれてしまった子どもだと、ソンガと口裏《くちうら》をあわせることにした。けれども、そもそも、魔女《まじょ》と人間は言葉が通じるのだろうか？まったくちがう言葉で話すのだったら、どうしよう？

「ね、ねえ、ソンガ。やっぱりもうすこし、地面に慣《な》れてからにしようか？　あたし、まだ、魔女《まじょ》にしか見えないかもしれないし……」

ノラが言うと、ソンガがくちびるをつきだした。

「おいおい。一大決心をして、棲《す》み家《か》を飛びだしてきたんじゃないか。ここまで来て、おじけづくつもりか？」

「だって……」

これまでに教わった人間についてのおそろしい話が、ノラのなかにつぎつぎとよみがえっていた。たとえば、魔女《まじょ》がまだ地面の上に残っていたころ、人間は、魔女《まじょ》を神炉《じんろ》に食べさせていたというのだ。あるいは、魔女《まじょ》を生きたまま火あぶりにしていたのだと――さすがにそんなことは作り話だと、ノラはうたがっていた。けれど、なにが起きても自分とソンガだけできりぬけなくてはならないのだ。ノラにはまともな魔法《まほう》も使えない。もっと慎重《しんちょう》に、よく考えて行動するべきだという気持ちがどんどんふくらんで、足どりを鈍《にぶ》らせた。

「ほらほら、森のなかでそんなにうじうじ迷《まよ》っていると、もっとやっかいな連中につかまってしまうぞ」

そう言うなり、ソンガがだしぬけに、ぐいと手綱《たづな》を引っぱった。あまりにとつぜんだったので、ノラは軽く浮《う》きあがりかけ、小さく悲鳴《ひめい》をあげた。

「ちょっと、やめてよ、ソンガ！」

さけぶと同時に、手綱《たづな》はノラの手からすりぬけ、ノラは大きくよろめいた。息を飲んだのは、自分が魔法《まほう》をかけてしまったにちがいないと思ったからだ。

なにも見えない。いまのいままで晴れていたのに、視界《しかい》が濃《こ》い霧《きり》に閉《と》ざされた。そうしてそばにいたはずのソンガが、いないのだった。

ぞっと寒さにつらぬかれて、ノラは立ちあがった。

「ソンガ？」

ノラの声は、幽霊《ゆうれい》のまとう経帷子《きょうかたびら》のようにたよりなくなびき、白い霧《きり》に飲まれて消えていった。どこにも、ソンガのすがたはない。駆《か》け去《さ》る足音もしなかった。ほんの数秒前まで、森のなかは、枝葉《えだは》を透《す》かした日ざしで満《み》たされていたというのに……いまは自分のつま先すらもかすむほどの、まっ白な霧《きり》が居座《いすわ》っている。

（どうしよう？　なにが起きたんだろう？）

ソンガに魔法《まほう》をかけて、消してしまったのだろうか？　――まさか！　ノラはあせって、ろくに前が見えない霧《きり》のなかを、あちらへこちらへ、うろつきまわった。

「ソンガ！　ソンガ、どこ？　返事をしてよ！」

そのときだった。ノラが顔をふりむけた先で、まっ白な霧《きり》がすうっと薄《うす》らぎ、そのむこうに大きな岩の影《かげ》が、おぼろなすがたを現した。

（……これは、あたしの魔法《まほう》じゃない）

ノラは、ごくりとつばを飲んだ。おどろいた拍子《ひょうし》にノラがかけてしまう魔法《まほう》が、こんなに大きなものを出現《しゅつげん》させたことはない。なにか、べつの事態《じたい》が起きているにちがいなかった。それがなにかは、見当《けんとう》もつかなかったけれど……

警戒《けいかい》しながら、ノラはゆっくりと、霧《きり》のなかの影《かげ》に近づいていった。

巨大《きょだい》な岩に見えたのは、どうやら古い建物のようだった。ノラの前には、地下へおりる石づくりの階段《かいだん》がつづいていて、その先からコトコトと、ひづめの足音が響《ひび》いてくる。ソンガだ。どうしてなにも言わずに、こんなところへ入っていったのだろう？

「ソンガ、待って！」

チリン！　鈴《すず》を鳴らして、ノラは地中へとつづく階段《かいだん》に飛びこんでいった。

急にたちこめた霧《きり》に、ソンガはノラのすがたを見うしなってしまった。たしかに、すぐそこにいたのに——なにを思ったのか、ノラがいきなり、ソンガの手綱《たづな》を引っぱったのだ。そのためによろめいて、顔をあげたときにはソンガひとりで、この霧《きり》のなかにいた。

よくよくあたりに耳を澄《す》ましてみたが、身じろぎひとつで居場所《いばしょ》を知らせるノラの鈴《すず》の音は、まったく聞こえてこなかった。

（まだ小さい森だと思って油断《ゆだん》していたら、やっかいな連中が住んでいたらしい）

ソンガは、仲間《なかま》のヤギたちのあいだでうけつがれてきたさまざまな話から、あるていどは地面の上のことを知っていた。ことに、こういったたぐいの危険《きけん》にかんしては、魔女《まじょ》の乗り物をつとめるヤギの一族として、知識《ちしき》を身につけていることはぜひとも必要だった。

いま自分は——自分とノラは、どうやら妖精《ようせい》のかどわかしにあっている。人間の住む地面の上の世界には、そういう、やっかいな古い種族《しゅぞく》の者たちが、数えきれないほど住んでいるのだ。

（さて、こういうときは、どうするんだったかな）

かんじんなのは、下手《へた》にあわてないことだ。

ソンガは、仲間《なかま》たちから聞いた話をひとつひとつ、思いだしはじめた。

◆

石づくりの階段《かいだん》は、思ったよりもずっと長かった。

やっと階段《かいだん》のおわりへたどり着くと、そこにはずいぶん古びた木の扉《とびら》があり、扉《とびら》は小さく開いていた。もうノラの耳は、コトコトという足音をとらえていなかったが、なにかべつの気配《けはい》が、魔女《まじょ》の感覚《かんかく》を刺激《しげき》していた。

ノラは服の上から、道しるべのページが入った小さな袋《ふくろ》をにぎりしめ、細い扉《とびら》のすきまへ、身をすべりこませた。

なかは薄《う》暗《す》いが、ところどころに明かりがともされている。棲《す》み家《か》で夜にともすような、むらさきや銀の色の火ではない。だいだい色の、ちりちりとたよりなくまたたく明かりだ。

高い天井が、鈴《すず》の音をこだまさせては吸《す》いこんだ。建物はどこもかしこも石づく

りで、クモの巣《す》と、苔《こけ》とカビのにおいがした。

小声でソンガを呼《よ》んでみようとして、とどまった。

ノラは立ち止まり、かたわらの壁《かべ》のくぼみを見あげた。……そこには幾重《いくえ》もの灰《はい》色《いろ》のクモの巣《す》に守られて、雲母《うんも》でできた巨大《きょだい》なスイレンが、黒檀《こくたん》の台座《だいざ》にのってほこらしげに咲《さ》いていた。わずかの風でもくずれさってしまいそうな、見事な細工物《さいくもの》だ。

ノラが視線《しせん》をふりむけると、反対側の壁《かべ》のくぼみには、大理石《だいりせき》でできた波馬《なみうま》の像《ぞう》がいて、雄々《おお》しく前足をふりあげたまま、時間のかたすみにとり残されている。そのとなりのくぼみには、月長石《げっちょうせき》をみのらせた木が、べつのくぼみにはビンのなかに浮《う》かぶ錆《さ》びかけた大きな鍵《かぎ》が、おさめられていた。

その、それぞれのめずらしい品に、どうやら魔法《まほう》の力が作用している。ノラは慎《しん》重《ちょう》に顔を近づけては、岩のくぼみに鎮座《ちんざ》するものの気配《けはい》に神経《しんけい》をとぎすました。小さくてかすれかかった本の文字を読むように、その意味を読みとろうとした。

(魔法《まほう》の力が、ここにあるものたちが動きださないように、いましめてる……あたし、この魔法《まほう》、見たことがある)

ノラは、自分の足首の鈴《すず》に、視線《しせん》を落とした。ノラの居場所《いばしょ》を知らせる鈴《すず》を結《ゆ》わえている糸は、結び目もなく、どんな刃物《はもの》を使っても断《た》ち切ることができない。この糸を足首に結びつけるとき、姉さんたちが、いましめの魔法《まほう》をほどこしていた。ここにあるものたちにも、同じ魔法《まほう》がかかっている……つまりここには、魔女《まじょ》の力がおよんでいるのだ。

ノラは三つ編《あ》みの先っぽを、左右の手でぎゅっとにぎった。

(もしかして……)

トクトクと、心臓《しんぞう》が高鳴った。

ここに、あるのかもしれない。〈黄金《おうごん》の心臓《しんぞう》〉が。そうだ、ひいひいおばあさんの化身《けしん》の蛾《が》が、月光を使って本に導《みちび》いてくれたように、きっといまも、導《みちび》きの力が働《はたら》いているにちがいない。ここは人間の土地に近い地中で、魔法《まほう》の気配《けはい》の残る品物たちがひそやかにならべられている。このなかに〈黄金《おうごん》の心臓《しんぞう》〉があったとしても、なんの不思議《ふしぎ》もない。

チリン、と足首の鈴《すず》が、ノラをはげますように鳴った。ソンガとは、いまははぐれてしまっているけれど、〈黄金《おうごん》の心臓《しんぞう》〉を手に入れればまた会えるに決まっていた。

（なんといったって、ちゃんとした魔女《まじょ》になれるんだから）

ノラはうなずき、ミルクの木や火のなかを泳ぐ魚、ガラスでできた書物や妖精《ようせい》の骨《ほね》の楽器にはさまれた通路を、先へと進んでいった。まっ白な紙で作られた迷宮《めいきゅう》都市《とし》の模型《もけい》。竜《りゅう》の翼《つばさ》で作ったマント。純銀製《じゅんぎんせい》の天球儀《てんきゅうぎ》――

だいだい色の明かりが、通路のあちらこちらに置かれて、いましめられたものたちをほのかに照《て》らしている。が、どれだけ進んでも、壁《かべ》のくぼみに〈黄金《おうごん》の心臓《しんぞう》〉らしきものは見あたらなかった。

やがてノラは、通路のつきあたりに近づいていった。行き止まりかと見えた通路は横へ折れ、床《ゆか》に置かれたランプが、ぴたりと閉《と》ざされた扉《とびら》を照《て》らしていた。

扉《とびら》にはなにかの紋様《もんよう》が浮《う》き彫《ぼ》りにされていたが、その意味はノラにはわからなかった。おそるおそる扉《とびら》にふれると、かたい髪《かみ》の毛の先に、青白い火花がはぜた。背中《せなか》に、びっしりととりはだが立つ。

魔法《まほう》の気配《けはい》ともちがうなにか、なにかとてつもなく大きなものの気配《けはい》が、扉《とびら》のむこうにあった。コトコトと心臓《しんぞう》が暴《あば》れて、早くここから逃《に》げだしたがっている。

(逃《に》げたりなんか、しないもん。あたしはぜったいに、ちゃんとした魔女《まじょ》になる――〈黄金《おうごん》の心臓《しんぞう》〉を、見つけるんだ)

ノラは息をつめ、ぐっと力をこめて、扉《とびら》を開いた。

「えっ……」

出かかった声が、のどの奥《おく》でひしゃげる。

扉《とびら》のむこうには、思いがけず広大な空間があった。上に高く、下へ深い洞窟《どうくつ》じみたたて穴《あな》のふちをとりまく足場に、ノラが開いた扉《とびら》は通じていた。

足首の鈴《すず》の立てる音は、扉《とびら》のうしろの通路に吸《す》いこまれて、消えていった。居場《いば》

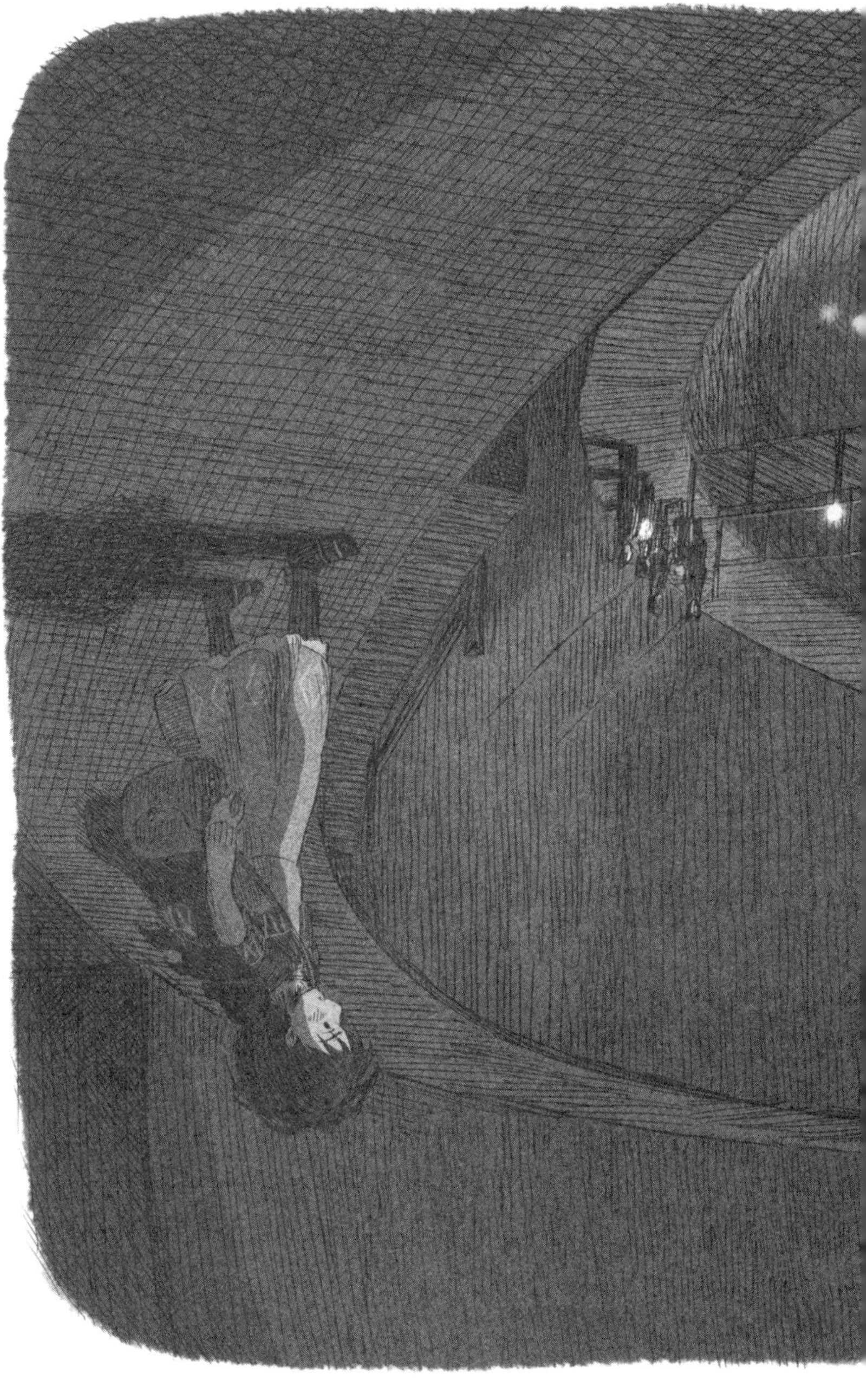

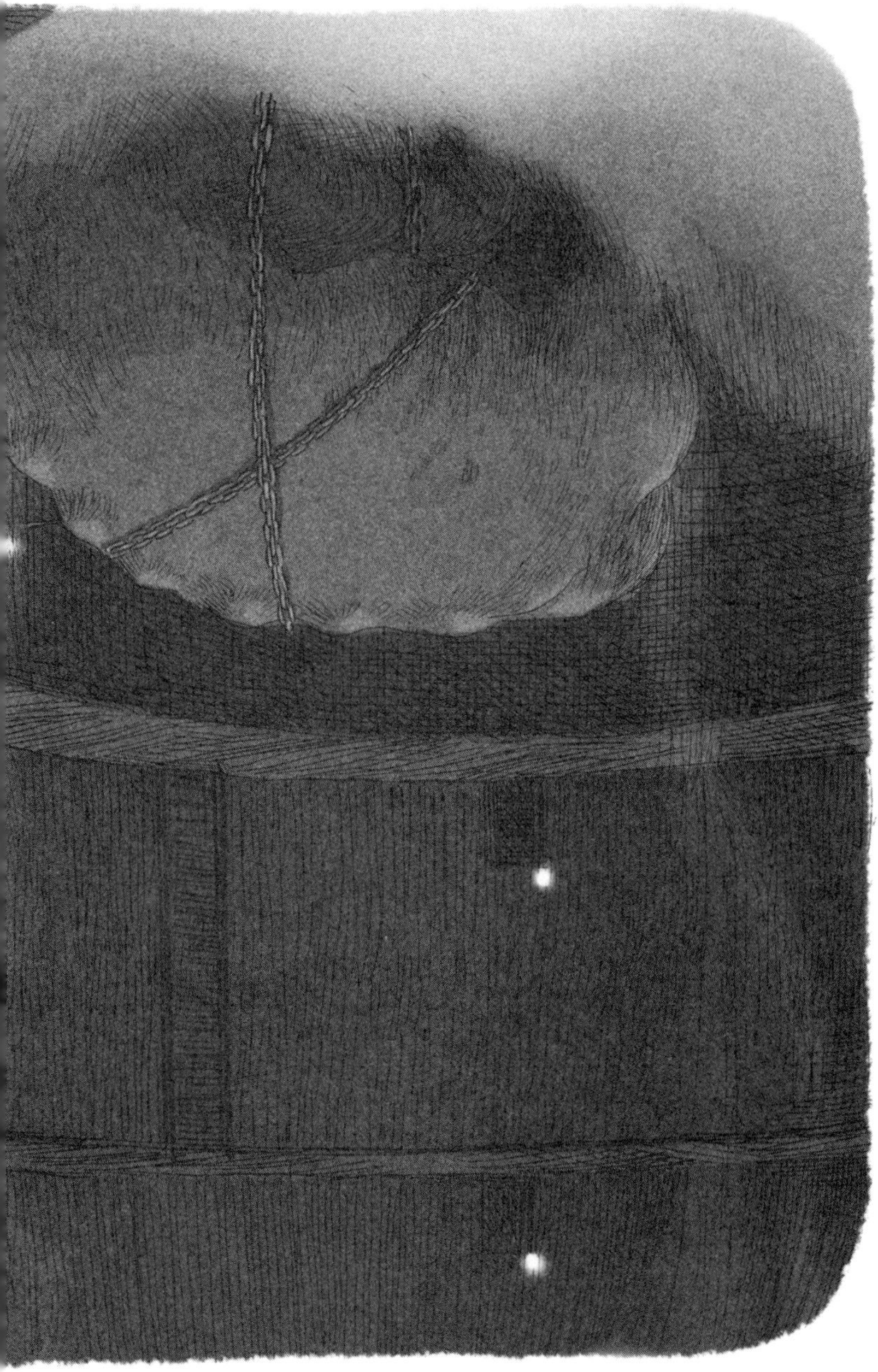

所《しょ》を知らせるノラの鈴《すず》も、ここではほとんど物音を立てないのにひとしかった。

銀の鈴《すず》などよりも、もっと大きな存在《そんざい》が、たて穴《あな》のなかにいたのだから。

暗がりに浮《う》かびあがる、白いすがた。ゆるゆるとうねるこぶのようなふくらみが、中央にならんでいる。あれは背骨《せぼね》で、あの青白い巨大《きょだい》な物体は、まるくかがめた生き物の背中《せなか》なのだった。

ノラはその場で、身動きがとれなくなってしまった。自分の血がわき立つ音を聞きながら、立っていることしかできなかった。

顔も、手足もどこにあるのか、ここからでは見えない。ただそれは、白い背中《せなか》から、こちらの口のなかを苦《にが》くさせるほどの熱気《ねっき》をはなち、暗闇《くらやみ》をふるわす深い鼓動《こどう》を響《ひび》かせていた。銀色の鎖《くさり》が十字に交差して、その背中《せなか》をいましめている。

神炉《じんろ》だ。

目の前にいる、この巨大《きょだい》な生き物こそは、人間に力をあたえ、魔女《まじょ》から住む土地を奪《うば》わせた、人に飼《か》われる火を生む神だった。

（たいへん。ここは、神炉《じんろ》の巣穴《すあな》だったんだ。……外へ、逃《に》げなきゃ）

息を殺《ころ》して身をひるがえしかけたノラは、けれども、はっとして、まっ白な神炉《じんろ》の背中《せなか》へ目をこらした。小さな小屋くらいならば、上に建ててしまえそうな神炉《じんろ》の背《せ》に、そっとだれかがのぼってきたのだ。

人影《ひとかげ》は、五つあった。四つは大人で、全員《ぜんいん》が白いマントを着、頭巾《ずきん》を目深《まぶか》にかぶって顔をかくしていた。

もう一人は、引きずられるようにしてのぼってきた。子どもだ。赤い服を着た子どもが、うなだれ、腕《うで》をつかまれて白い生き物の上へ立たされる。ひどく弱っているのか、何度もひざがくずれそうになるが、そのたびに四人の白マントに引き起こされるのだった。

ノラは、つばを飲もうとしたが、口のなかがかわききってしまい、できなかった。ふるえそうになるのを、体じゅうの力をかき集めてこらえた。

「しっかり立て。よろこびなさい。おまえはめでたく、神炉《じんろ》の食卓《しょくたく》にのぼるのだ」

白マントの一人がそう言うのが、はっきりと聞きとれた。

その声が、ノラの背《せ》すじを稲妻《いなずま》のようにつらぬいていった。暗い空間にうずくまって、とほうもない力を周囲《しゅうい》へはなっている神……その背中《せなか》へのぼらされたあの弱った子どもが、これからどうなるのか、それは明らかではないか。

(いけにえにされるんだ……あの子、これから食べられちゃうんだ! でも、どうして? 人間が神炉《じんろ》に食べさせるのは、魔女《まじょ》じゃなかったの?)

いつのまにか、頬《ほお》をつぎつぎと汗《あせ》が伝っていた。

白マントたちにささえられた子どもは、ノラと同い年ほどの、女の子に見えた。うなだれた頭は、短い金色の髪《かみ》におおわれ、あまり上等とは見えない赤いワンピースを着ている。なによりもノラの目を引きつけたのは、はだしの足首に鈍《にぶ》く光る、銀色の環《わ》だった。痩《や》せた足に不つりあいな、頑丈《がんじょう》そうな足環《あしわ》は、ノラの居場所を知らせる鈴《すず》と、同じほうの足首についていた。

カチン、と高い音がした。白マントの一人が、子どもの足首にはまった環《わ》を、神《じん》炉《ろ》の鎖《くさり》と金具でつないだのだった。

子どもをそこに残して、白マントたちは四人とも、さっと体のむきを変えた。そのまま、神炉《じんろ》からはなれるつもりだ。

(どうしよう。あの子、たすけなきゃ。だけど、だけど……)

ノラが扉《とびら》からせまい足場へ、わずかに身を乗りだそうとしたときだった。

「――だれだ、そこにいるのは?」

白マントの一人が、だしぬけにふりむいた。頭巾《ずきん》のかげから、青白い顔と鋭《するど》い目が、ノラのほうをむいた。

チリン! 足首の鈴《すず》が響《ひび》く。姉さんたちがここにいたなら、ノラを止められたかもしれない。けれども、手おくれだった。心臓《しんぞう》が大きくはねあがり、ノラは、びっくりしてしまっていた。

生白い神炉《じんろ》の背中《せなか》の鎖《くさり》が、かっと強くかがやいた。

大きな力が、うずくまる神炉《じんろ》の背中《せなか》の上にふくれあがり、炸裂《さくれつ》した。十字に神炉《じんろ》をいましめていた鎖《くさり》が、稲妻《いなずま》の音を立ててはじけ飛ぶ。足環《あしわ》が鎖《くさり》からはずれ、つながれていた子どもは、そのいきおいに押《お》されて、扉《とびら》のほうへ吹《ふ》き飛ばされた。

なにもかもがゆっくりに見えた。うねりあがる神炉《じんろ》の背中《せなか》、波打つ鎖《くさり》、こちらへむかってくる女の子。

目をみはって立ちつくすノラを、その子の若葉色《わかばいろ》をした目が、まっすぐにとらえていた。細い手が、迷《まよ》わずに、ノラのほうへ伸《の》びてきた。

3 妖精《ようせい》といけにえと

霧《きり》のなかを、ソンガはほとんど迷《まよ》いなく歩いていた。足首の鈴《すず》の音は聞こえないが、ノラのにおいはうっすらと地面に残っていて、それをたどることにしたのだ。二本しか足のない魔女《まじょ》の子は、ヤギなしにははやく移動《いどう》することができない。ソンガは、すぐにでもノラを見つけられるはずだった。しかし、いくら歩いても霧《きり》は晴れず、においを残しているノラに、追いつくことはできなかった。

やがて立ち止まったソンガのまわりに、いよいよ濃《こ》い霧《きり》が集まってきた。空気がひえ、息もつまるほどだ。ソンガのツノや手綱《たづな》に、つめたいしずくがとりついた。

(やれやれ、連中のおでましだな)

ソンガは軽くひづめを鳴らして、やってくるものにそなえた。

一つ、二つ、三つ。まっ白な霧《きり》のなかに、光るものが現れた。赤い光と、青い光と、むらさきの光。小さな光の玉は空中を気まぐれに飛びかって、ソンガのまわりをほのかに照《て》らした。

「よう、こんなところで、なにをしているんだ？」

赤い光が口をきいた。

「なにを探《さが》しているんだい？」

今度は、青い光だ。

「いや、言うな、あててやろう」

こう言ったのは、むらさきの光だった。ほんの一瞬《いっしゅん》、光がソンガの目の前で動きをゆるめると、小さな体と逆立《さかだ》った髪《かみ》の毛、いたずらそうな顔に、すさまじいはやさではばたく透明《とうめい》な翅《はね》をみとめることができた。

思ったとおり、こぼれ火《び》の妖精《ようせい》だ。森に入った者を惑《まど》わせて、さらってしまうという連中だった。

（ノラめ、まさか、こいつらの仲間《なかま》に誘拐《ゆうかい》されたんじゃあるまいな）

ソンガは心配したが、もしそうならば、こぼれ火《び》たちはこんなふうにからかったりしないで、ソンガのこともつれていってしまうはずだった。

むらさきのこぼれ火《び》が、にやにや笑いを見せた。

「おまえは、その鞍《くら》に乗る者を探《さが》しているな？」

「そのとおりだ。なあ、いったいぜんたい、ここはどこなんだ？　乗り手とはぐれて、こまっているんだ。教えてもらえないか？」

ソンガは、わざとのろのろとしゃべった。三人のこぼれ火《び》が、顔を寄せあい、くすくすと笑う。

「このあたりには、くわしいんだろう？　はぐれた連れのところへ案内《あんない》してくれると、うれしいんだが」

妖精《ようせい》たちは、いよいよ愉快《ゆかい》そうに高く笑う。ソンガをとらえて、自分たちの乗り物にでもしようと考えているにちがいなかった。

「よしよし。いいだろう」

「おやすい御用《ごよう》だ」

「ただし、まがりヅノよ。われわれに、ただでものをたのむことは、できない」

こぼれ火《び》たちは、口々に、それは自慢《じまん》げに言ったものだった。

「いいか。いまから、おまえの連れのもとまで、案内《あんない》してやろう」

「けれど、おまえはわれわれ三人の名前を、ぴたりと正確《せいかく》に、あてなくてはならない」

「ひとつでもまちがえたなら、おまえはこの先、永遠《えいえん》にわれわれのものになるんだ」

そう言うと、三人のこぼれ火《び》は、ひたいをこすりあわせるようにして、かん高い声で笑った。

地面の上というのも、なかなかめんどうそうだと、ソンガは耳をはたはた動かした。首をかしげると、上機嫌《じょうきげん》の妖精《ようせい》たちに、ゆっくりとこうたずねた。

「なるほど、ここでは、そういう決まりが支配《しはい》しているんだな。悪いが、どうすればここでの礼儀《れいぎ》にかなうのか、なにも知らないんだ。なにしろ、地べたへ来たのは、ゆうべのことなんでね。そこでなんだが、地上の決まりにのっとって、こちらからも質問《しつもん》させてくれ。きみたちにたすけてもらうには、地べたでの作法《さほう》どおりにするのが礼儀《れいぎ》というもんだ」

こぼれ火《び》たちは顔を見あわせたが、ソンガのいかにもたよりない口のきき方に油《ゆ》断《だん》して、そりかえったつま先を打ち鳴らした。

「いいだろう、やってみろ」

そこでソンガは、三人が聞き逃《のが》さないよう、大きな声で問いかけた。

「この鞍《くら》に乗る、ご主人さまの名前はなんだ?」

妖精《ようせい》たちは腹《はら》をかかえて、けたたましく笑った。ここは自分たちの森で、自分たちはなんだって知っているというのに、なんとばかげた質問《しつもん》をするヤギだろう!

口に出さなくとも、笑い声がそう言っていた。

「知ってるぞ、知ってるぞ」

「この森のなかのことなら、なんだって知っている」

「その鞍《くら》に乗る、おまえの主人は、魔女《まじょ》のノラだ!」

妖精《ようせい》たちは、きっぱりと言ってのけた。

ソンガは思わず、首をのけぞらせて笑った。

「おっと、残念《ざんねん》だ。それは正しいこたえじゃあないな」

妖精《ようせい》たちが、三つの色の目をむいた。

「なんだと。おまえはたしかに、魔女《まじょ》のノラのヤギのはずだぞ」

「ちがうね。ほら、その証拠《しょうこ》に、霧《きり》が晴れてきた。そっちの魔法《まほう》が破《やぶ》れたらしい。

それじゃあ、べつの乗り物をあたってくれ」

ソンガは妖精《ようせい》たちに背《せ》をむけ、ふたたびノラのにおいを追いはじめた。霧《きり》がすみやかに消えてゆくと同時に、土や苔《こけ》から、これまでよりもはっきりとノラのにおいをかぎあてることができるようになった。

まだ背後《はいご》から、くやしがる妖精《ようせい》たちのキーキー声が聞こえていたが、自分たちの魔法《まほう》をみずから破《やぶ》ってしまった妖精《ようせい》たちは、霧《きり》といっしょに退散《たいさん》するほかない。

「たしかに、この鞍《くら》に乗るのは、ノラだが」

ソンガは地面から顔をあげ、周囲《しゅうい》を見まわした。

「ノラは断《だん》じて、〝ご主人さま〟なんかじゃないものな」

木々のむこうに、黒々とした石づくりの建物が見えてきた。たいそう古い建物のようだが、ソンガのツノのつけ根を刺激《しげき》したのは、そこから発せられている、ただならない魔法《まほう》の気配《けはい》だった。

どうやらソンガの鞍《くら》に乗るはずの魔女《まじょ》が、またなにか、しでかしたらしい。

ソンガは一度ツノをふるい、ぐらぐらと揺《ゆ》れはじめた建物にむかって、一気に駆《か》けた。

◆

ノラは女の子の手をつかんで、走りに走った。

岩でできた建物が、たえまなく揺《ゆ》れている。壁《かべ》のくぼみにおさまっているさまざまなものたちが、小刻《こきざ》みにふるえているのがわかった。秩序《ちつじょ》をうしなった魔法《まほう》の力が、建物ぜんたいに満《み》ちていた。

ノラの魔法《まほう》で鎖《くさり》をとかれた神炉《じんろ》のさけびが、ここに閉《と》じこめられているものたちのいましめを、つぎつぎに破《やぶ》り去っていった。古い力で作られた品々が、息を吹《ふ》きかえしつつある。

壁《かべ》のくぼみの彫像《ちょうぞう》が動き、サンゴの木が光の卵《たまご》を生み、百の弦《げん》を持つ楽器が音色を思いだした。

そのうしろ、あのたて穴《あな》から、とぎれ目のないうめき声が響《ひび》いて、空気をどよもしている。神炉《じんろ》が怒《いか》り猛《たけ》って、ほえている。通路のせまさと、制御《せいぎょ》のきかなくなった魔法《まほう》のざわめきが神炉《じんろ》をたて穴《あな》に押《お》しとどめているが、それも、いつまでもつのかわからなかった。

（と、とにかく、逃《に》げなきゃ……つかまったら、食べられちゃう）

歯車のまわる音、長々としただれかのため息、はばたきと笑い声が、ぐらぐら揺《ゆ》らぐ建物のなかにこだまする。こだましてそれらの音は、おさえきれないほどにぎやかになっていった。

ノラは、つぎの瞬間《しゅんかん》にも自分がつまずいて転んでしまうにちがいないと思った。いましめられていたものたちが生きかえるのにあわせて、魔《ま》法《ほう》の気《け》配《はい》がどんどん濃《こ》くなり、それがノラの頭をぐらぐらとかきまわした。建物の揺《ゆ》れにあわせて、ノラの目もまわった。にぎっている女の子の手は不安になるほどやわらかく、あまり力をこめるとこわしてしまい

そうだ。必死に出口をめざすノラと女の子のまわりで、金属製《きんぞくせい》の小鳥だの、銀紙でできた魚だのが動きまわり、小さな体にちりちりと光を反射《はんしゃ》させた。走るノラの背《せ》すじを、鋭《するど》い寒気がつらぬいていった。建物の奥《おく》――さらに深い地中から、空気をみじんに砕《くだ》いて吹《ふ》き飛ばすような、低いさけび声が追ってきたのだ。

「じ、神炉《じんろ》の声だ……」

三つ編《あ》みがざわりと逆立《さかだ》ちかけた。思わずふりむいたノラの目を、女の子がじっと見つめていた。

なんと澄《す》んだ目だろう。ノラは、こんなになにもかもを映《うつ》しだす目を、見たことがなかった。痩《や》せてたよりない足に、重そうな銀の環《わ》が光っている。

ノラは前へむきなおり、女の子の手を引いてさらに走った。神炉《じんろ》の声が追ってくる。いまにも、この子を奪《うば》いかえしにくる。

(ぜったいに、いやだ)

どんな理由があるのか知らない。いけにえが必要になるほどの、さしせまった理由があったのかもしれない。けれども、この痩《や》せっぽちの、ひとこともしゃべらない女の子を神炉《じんろ》に食べさせてしまうなんて、それだけはいやだった。

出口はもうすぐそこだ。しかし、建物はノラの足をつきあげるように揺《ゆ》れ、わずかな距離《きょり》が絶望的《ぜつぼうてき》に遠かった。

と、そのとき前方から、ひづめの音が響《ひび》いた。まがった二本のツノの影《かげ》が見える。外の光のなかから、岩の廊下《ろうか》をまっすぐに、ソンガが突進《とっしん》してきた。

「ソンガ！」

ノラがさけびおわらないうちに、ソンガはまがったツノを低くさげ、ノラと女の子をもろともに、背中《せなか》へすくいあげた。すばやく頭を反対へむけ、身をひるがえすと、黒い通路を蹴《け》りつけた。ソンガの四つ足は宙《ちゅう》に浮《う》き、一足飛びに出口をくぐったかと思うと、そのままいきおいよく空へ駆《か》けのぼった。

風が、ノラの肺《はい》へ飛びこんでくる。

「ど、どこに行ってたの、ソンガ！」

ノラが身を乗りだしてどなると、ソンガも負けずに低い声で、どなりかえした。

「それはこっちのせりふだ。いまのいままで、ずっとおまえを探《さが》してたってのに。今度はいったい、なんの魔法《まほう》をやらかしたんだ？」

霧《きり》はすっかり晴れていた。森のなかになかばうもれてうずくまる黒い建物から、まだ神炉《じんろ》のおそろしく低い声が発せられている。

「それより、その子どもはなんなんだ？　まさか、魔法《まほう》で作ってしまったっていうんじゃないだろうな？」

ノラは、ソンガの首にしがみついている女の子をじっと見つめた。風がこわいのか、頭を低くし、体をソンガにぴったりと押《お》しつけている。

「ちがうよ。……この子、神炉《じんろ》に食べられちゃうとこだったんだ。だから……」

ノラが声をしぼりだすと、ソンガはたまらないというふうに、ぶるるっとつばを飛ばした。

「まったく、これだ！　ノラが探《さが》しに来たのは、〈黄金《おうごん》の心臓《しんぞう》〉じゃなかったか？

人間の女の子なんかつれてきて、いったいどうするつもりなんだ」
「だ、だって、あそこに〈黄金《おうごん》の心臓《しんぞう》〉があるかもしれないと思ったんだもん。それに……」

そのとき、地面の下から、ひときわすさまじいふるえが生まれて空気をどよもした。石づくりの建物の奥《おく》につながれた神炉《じんろ》が、怒《いか》り狂《くる》ってあげたおたけびだった。声が高い空の上まで、空気のつぶをひとつ残らず揺《ゆ》さぶり、そのはげしい動きはノラたちの体をもつらぬいていった。

思わずノラは、小さな悲鳴《ひめい》をあげた。女の子がますます強くソンガにしがみつく。ソンガはすくみあがった女の子二人を乗せて、空気の揺《ゆ》れにぐらつきかけた足を、どうにか持ちなおした。

空中を疾駆《しっく》するソンガの下で、金色のみのりの穂《ほ》が、風にさやさやと波打っている。神炉《じんろ》のうなりも、気配《けはい》も、もうずっとうしろへ遠のき、感じられなくなっていた。石づくりの建物も森も、はるかうしろだった。

おそろしい力から逃《に》げおおせた安堵《あんど》が、ノラに自分の体をいつもより軽く思わせた。すくみあがっていた心臓《しんぞう》が、ひとまわり大きくなったような気さえする。

体をふせていた女の子が、ふと、ソンガの首の毛に片手《かたて》をさし入れた。女の子が手を引きぬくと、その指先に、むらさき色の小さな光が浮《う》かんでいた。

ノラは目を見開いた。本で読んだことはあったけれど、見るのははじめてだ――それは、妖精《ようせい》の火の玉だった。

「やれやれ」

ソンガが、空中を走る速度をすこし落とし

た。

「まあ、こんなにすぐに探《さが》し物が見つかるわけがないんだ。落ちこぼれノラを、ちゃんとした魔女《まじょ》にしてくれるなんていう、とんでもないしろものなんだからな。――おい、女の子。悪いがその火の玉は、ノラのものだ」

「あたしの？」

ノラはおどろいて、身をのけぞらせた。ソンガが、フンと鼻を鳴らす。

「そのとおり。一日おくれたけれど、誕生日《たんじょうび》になんのお祝《いわ》いもなしってのは、ちょっとばかりひどいものな」

女の子が指先を動かすと、アザミの花の色をした火の玉は、さかんにかがやきながらノラの耳のそばに浮《う》かんだ。

ソンガと、その背中《せなか》に乗ったノラたちの影《かげ》が、金色のみのりの穂波《ほなみ》の上を泳ぐように飛んでゆく。人間の集落《しゅうらく》を飛びこえ、何本かの川を通過するころ、太陽は真上から、すこしずつ西へわたりかけていた。

4　リンゴ

小さな丘《おか》の上へ、ソンガはおり立った。

ノラが、つづいて赤い服の女の子が、その背中《せなか》からおりる。ソンガの贈《おく》った妖精《ようせい》の火の玉は、ノラの耳のそばにおとなしく浮《う》いて、ちらちらとまたたいていた。

丘《おか》のてっぺんに生えた大きな木の根もとへ、女の子はぺたりと座《すわ》りこんだ。顔だけをあげて、ノラとソンガを見つめている。

「おい、大丈夫《だいじょうぶ》なのか、この子どもは。どこかぐあいでも悪いのか？」

ソンガがいぶかった。ノラは自分の三つ編《あ》みを、左右の手でぎゅっとにぎりしめた。

「うん……あんまり、ごはんをもらってないのかな。足環《あしわ》をはめられて、大人たちに引きずられてたんだ。足環《あしわ》で、神炉《じんろ》につながれて……」

「足環《あしわ》？」

ソンガが首をさしのべた。女の子の痩《や》せ細った足首の、華奢《きゃしゃ》な銀の環《わ》のにおいを嗅《か》ぐと、ソンガはとたんに顔をそむけて地面につばを吐《は》き捨《す》てた。

「……この環《わ》っか、つなぎ目はどこにあるんだろう？　はずせないね」

ノラは眉《まゆ》を寄せた。足を投げだして座《すわ》っている女の子の足環《あしわ》は、金属《きんぞく》をとかしてつなぎあわせてあるのか、どうしてもはずすことはできそうになかった。

緑の葉っぱの色をした女の子の目を、ノラはのぞきこんだ。

「あんた、どこからつれてこられたの？　名前は？」

女の子は、ぱちぱちとまばたきをすると、首をかしげた。

「なんだ、しゃべれないのか？」

ソンガが鼻をひくつかせる。ノラはひざをかがめて女の子と目の高さをあわせると、もう一度たずねた。

「ねえ、あんたの名前は、なんていうの？」

女の子はきょとんとした顔のまま、反対側へ首をかしげる。

「……名前」

澄《す》んだ声が、女の子の口からこぼれた。そよそよと風が吹《ふ》いて、短いハチミツ色の髪《かみ》を揺《ゆ》らした。明るい金の髪《かみ》の色は、ノラの三番めの姉さんとよく似《に》ていた。

「名前、ないよ。いらないの」

女の子が、そう言った。空に、おもしろいかたちの雲でも見つけたかのような口ぶりだった。

ノラの胸《むね》のなかに、つめたい不安がうず巻《ま》きはじめた。

「ない……？　いらないって、どういうこと？」

女の子は、ノラの顔とソンガの顔を順番に見くらべる。なにかを思いだそうとするようすで、視線《しせん》を横へやると、すうっと息を吸《す》った。

「神さまの、お食事のお皿にのるため生まれた。とくべつな子どもだから、名前はいらない」

詩でも暗唱《あんしょう》するように、女の子はそう言ったのだった。

「……おいおい」

ソンガが声を低めた。日は高く、明るくあたたかい光がそそいでくるが、吹《ふ》いてくる風はつめたかった。

チリンと鈴《すず》を鳴らして、ノラは自分でも気がつかないうちに、女の子の前に座《すわ》りこんでいた。

「そ、それじゃ……それじゃ、家は？　あんたの、家族は？」

こちらの言葉の意味がわからないのか、女の子はただ、不思議《ふしぎ》そうな顔をするばかりだ。ノラは、重い雷《かみなり》に打たれた気分だった。地面の上に住む人間たちは、自分たち魔女《まじょ》とはちがう生き物だと教わってきたけれど、まさかここまでひどいことをするとは、思ってもみなかった。魔女《まじょ》を神炉《じんろ》のいけにえにしていたというのは、人間と魔女《まじょ》が住む場所をわけた時代、遠い昔のおとぎ話かなにかのように思っていたのに。

「どうしよう、ソンガ。こんなことって……」

そのとき、ひときわ強い風が、丘《おか》の上へ吹《ふ》いてきた。

ヒュー、ポトン、

丘《おか》のてっぺんの木から、なにかが落ちて、女の子の頭にぶつかった。金色の髪《かみ》の上ではねて、地面に転がる。つややかでまるい、それは、りんごの実だった。

ノラは落ちてきた実を拾い、立ちあがって、女の子のうしろに立つ木を見あげた。枝《えだ》のそこここに、赤くまるい実が見えかくれしている。これは、年とったりんごの木だったのだ。

ノラは、拾いあげたりんごの実を、座《すわ》りこんだままの女の子と見くらべた。赤いワンピース、若葉色《わかばいろ》の目と、ハチミツ色の短い髪《かみ》の毛。そっくりだった。

「決めた」

赤い実から、甘《あま》くてすがすがしいにおいがする。そのにおいを、ノラは空気といっしょに深々と吸《す》いこみ、告《つ》げた。

「リンゴ。あんたは、リンゴっていう名前。あたし、あんたをそう呼《よ》ぶね」

ソンガがぶるっと鼻を鳴らしたが、ノラは無視《むし》した。

「あたしは、魔女《まじょ》のノラ。それからこっちは、ヤギのソンガだよ。あたしたち、〈黄金《おうごん》の心臓《しんぞう》〉っていうのを探《さが》してるんだ。あんたも――リンゴも、帰る場所がないなら、いっしょにおいでよ」

女の子は、いつまでも不思議《ふしぎ》そうな顔をしているばかりだった。しかしその目が、ノラの持っているりんごの実にじっとそそがれているのがわかった。ノラはりんごの実を、マントの内側でふいた。

「食べる?」

さしだすと、女の子の表情《ひょうじょう》が、はじめて変わった。若葉色《わかばいろ》の目がかがやき、口もとがうれしそうにほころぶ。

「うん、食べる!」

うなずくなり、ノラの手からりんごの実をうけとって、いきおいよくかじりついた。おなかがぺこぺこだったのだろう。あごに汁《しる》がこぼれるのもかまわず、幸せそうにほおばった。

「ノラ、おい、本気か？」

ソンガの声が、うんざりしている。ノラは、きっと自分のヤギをふりかえった。

「だって、ほうっておけないもん。もし人間のところへかえしたら、この子、またいけにえにされちゃうかもしれない。そんなの、あんまりだよ」

ノラの目は、しぜんと、夢中《むちゅう》でりんごを食べる女の子の、銀の足環《あしわ》へ吸《す》いよせられていった。切れ目のない、はずすことのできない環《わ》。……魔法《まほう》の糸で結《ゆ》わえつけられた、ノラの鈴《すず》とそっくりな。

ノラは、自分では食べずに、女の子が食べるのをじっと見守っていた。ノラもずいぶんひもじかったのだが、女の子が食べるあいだ、そんなことはすっかり忘《わす》れていた。

りんごの実と、さらにノラの持ってきた干《ほ》した果物とビスケットをいくつかおなかに入れると、女の子は、ふうと息をつき、りんごの木にもたれかかった。そのまま体をまるめて、木の根もとでうとうとしはじめた。

これだけはなれていれば、神炉《じんろ》も、あの白マントの人間たちも、追いかけてはこないだろう。ソンガがしぶしぶといったようすで自分の腹《はら》を枕《まくら》にしてやり、女の子を休ませた。ノラは、自分のために木にのぼってとってきたりんごの実を食べながら、ゆっくりと空が夕暮《ゆうぐ》れの色へ移ろってゆくのをながめた。

自分とソンガのほかに、もう一人ぶんの、小さな心臓《しんぞう》の音がしている。

（この子のこと、たすけてあげるんだ。神炉《じんろ》のいけにえになるために生まれたなんて、あんまりだもん。〈黄金《おうごん》の心臓《しんぞう》〉を見つけたら、いっしょに棲《す》み家《か》へつれていくんだ。あたしが姉さんたちや、ほかのみんなにみとめてもらえるようになれば、この子もいっしょに住んだって、大丈夫《だいじょうぶ》なはずだもん）

やがて、山のむこうへ日が落ち、空が夜の幕《まく》におおわれていった。空いっぱいに、ここからでははかることのできないさまざまな遠さと近さの星々が、いまにも落ちてきそうなほどひしめいている。

そのいちいちの星の光が夜風にあおられて、静かな鼓動《こどう》のようにまたたくのを、ノラはずいぶんおそくまで、見守っていた。

第2章

1　村のほとり

「ノラ！　おはよう！」

はずんだ声に呼《よ》び起こされて、ノラは、はっと目をさました。すぐ間近に、はつらつとした女の子の顔があった。日の光が、まるい顔をとりかこむハチミツ色の髪《かみ》を透《す》きとおらせている。

きのうのできごとは、いつか過去に見た突飛《とっぴ》な夢《ゆめ》のように、ノラの黒い三つ編《あ》みのなかへまぎれこんでしまっていた。

「ノラ、行こう。探《さが》しに行こう」

うたうようにそう言って、女の子が、寝《ね》ぼけまなこのノラの腕《うで》をつかんだ。女の子からりんごのかおりがして、それでノラは、きのう起こったなにもかもを、はっきりと体じゅうで思いだした。

「おはよう、リンゴ。よく眠《ねむ》れた？」

体を起こすと、ノラのまわりに、はちきれんばかりにまっ赤なりんごの実が、いくつも転がっていた。

「眠《ねむ》ったよ。これは、ノラの朝ごはんだよ」

リンゴは両の腕《うで》をひろげて、草の上のりんごの実をしめした。木にのぼって、とってきたのだろう。きのうは、人形のようにぽかんとしているばかりだったのに、リンゴは打って変わって、晴れやかに笑っていた。

「ソンガは？」

ノラは、きょろきょろとまわりを見まわした。小さな丘《おか》の上に、ソンガのすがたがない。すると、リンゴが説明した。

「近くに人間が住んでいるかどうか、たしかめに行ったよ」

明るく言うリンゴの顔を、ノラはまじまじと見つめた。この子は、帰る場所も家族もなく、それどころか自分の名前さえもらえないで、ただ神炉《じんろ》のいけにえにされるためだけに生まれたはずだった。それなのに、もうこの世界にはなにひとつ、おそろしいことなどないかのように、ほがらかな表情《ひょうじょう》をしている。

「ノラは、魔女《まじょ》なんでしょ？」

リンゴがたずねた。

「うん、そうだよ。……いちおう、だけど」

うなずくノラの、ごわごわの三つ編《あ》みのなかに、アザミ色の妖精《ようせい》の火の玉がかくれていた。もうこの火の玉は、正式にノラのものになったのだ。いつでもノラのそばにあって、ノラが呼《よ》べば現れ、暗闇《くらやみ》を照《て》らすようになる。

「魔女《まじょ》は、神炉《じんろ》をつれてっちゃうの？」

「えっ？」

なんのかげりもないリンゴの問いに、ノラが思わず声をうわずらせたそのとき、ソンガが丘《おか》のふもとの木の枝《えだ》を蹴《け》り、宙《ちゅう》を飛んでもどってきた。コトン、コトンとひづめが草と土をふむ。

「むこうの山をこえたところに、べつの集落《しゅうらく》があった。あっちは、どうやら神炉《じんろ》を飼《か》っていないみたいだ。どうする、行ってみるか？」

ソンガの灰色《はいいろ》のあごひげが、そよそよと揺《ゆ》れる。リンゴがそれをさわりたがるので、ソンガは迷惑《めいわく》そうに首をそらせて顔をそむけた。

「おい、ノラ。ほんとにこいつをつれていくなら、鞍《くら》は人間に売っちまえ」

「え？　なんで？」

とつぜんの言葉に目をまるくするノラを、ソンガがにらみつけた。

「この鞍《くら》は、一人乗り用だろ。それに、背中《せなか》にこんなものをのせつづけてるのは、あまりいい気分じゃないんでね。鞍《くら》と引きかえにすりゃ、その子どものはく靴《くつ》も、それに、りんごの実以外の食べ物も手に入るだろうよ」

ソンガはノラとリンゴを乗せて、山をこえて空を走った。気持ちよく晴れていて、風の吹《ふ》いてくる方角から、だれかが作った食べ物の、おいしそうなにおいがかすかにただよってきた。

リンゴはノラの腰《こし》にしっかりつかまって、ぎこちなくソンガの背《せ》に乗った。ノラのカバンは、つめこめるだけつめこんだリンゴの実のおかげで、倍ほどにもふくれあがっている。

ソンガの言ったとおり、山をこえたところに小さな村があった。地上へ来て、はじめに見つけた集落《しゅうらく》よりも、ずっと小さい。あの神炉《じんろ》がいたような、黒い建物も見あたらず、小さな家がぽつりぽつりとたっているばかりだ。

三人は、山のすそ近い木立へそっとおり立つと、そこからは歩いて人の住む場所へ近づくことにした。やはり、人間のふりをするほうが安全だと考えて、ソンガが飛んでいるところを見られないようにするためだった。

リンゴは靴《くつ》をはいていないので、ソンガが背中《せなか》に乗せ、ノラは手綱《たづな》をにぎってそばを歩いた。

「いい？　もし人間と会ったら、あたしが話すから、あんたはなんにもしゃべっちゃだめだよ」

ノラのマントを着、頭巾《ずきん》でハチミツ色の髪《かみ》をかくしたリンゴは、ソンガの上で首をかしげた。

「どうして？」

「とにかく、しゃべらないの！」

もしこの子が神炉《じんろ》のいけにえだと知れたら、人間たちが、リンゴをとりもどそうとするかもしれない。たとえソンガがたしかめてきたとおりに、この先にある集落《しゅうらく》では、神炉《じんろ》を飼《か》っていないのだとしても……火を生む神炉《じんろ》の恩恵《おんけい》をうけていない人間はいないと、ノラはそう教えられてきたのだから。

「まったく、とんでもない連れができたもんだ」

ぼやくソンガの手綱《たづな》を、ノラは力まかせに引っぱった。

「ソンガ、あんたも、しゃべっちゃだめだからね！」

木立の斜面《しゃめん》を、ノラたちはおりていった。人間が山へ出入りするときに使っているらしい道があり、ふみならされたゆるやかな道をたどることができた。それでも、ノラの緊張《きんちょう》が、足首の鈴《すず》の音になって響《ひび》いているみたいだった。ノラが地面の上へ来てはじめて目にしたのは、リンゴを神炉《じんろ》に食べさせようとした、あの顔をかくした人間たちなのだ。神炉《じんろ》のいない土地に住んでいるからといって、おそろしい人間でないとはかぎらない。

ノラは、服のなかにかくした、竜《りゅう》の鱗《うろこ》の袋《ふくろ》をにぎった。

（それでも、〈黄金《おうごん》の心臓《しんぞう》〉の手がかりは、人間のそばにあるんだ。それに……）

ノラは、ソンガにまたがっているリンゴの、まっ白な足をちらりと見やった。

（ソンガの言うとおり、リンゴの靴《くつ》を手に入れてあげなくちゃ）

山道の終点は、人間の集落《しゅうらく》とつながっている。小屋のなかで飼《か》われているニワトリたちの鳴き声が、聞こえてきた。どんな人間がいるだろう。ここの人間たちは、〈黄金《おうごん》の心臓《しんぞう》〉のことを知っているだろうか。ノラたちに、それを教えてくれるだろうか……

木々のすきまから、家が近くに見えはじめたときだった。

「もし、もし」

山道の横あいの木のかげから、こちらへ声をかける者があった。びくりと飛びあがりながら、ノラはソンガの前へ出た。

「だ、だ、だれ？」

うわずったノラのさけび声におどろいて、梢《こずえ》から小鳥が飛びたつ。

「足を止めさせて、もうしわけない……ちょっと、手をかしてもらえないだろうか？　腰《こし》がだめになってしまって」

木の幹《みき》にとりすがりながら、こちらへすがたを現したのは、背中《せなか》のまがった老人だった。長く伸《の》びた白髪《はくはつ》が、うつむいた顔のほとんどをかくし、おそろしく年をとっているというほかは、男か女かもわからない。

伸《の》びほうだいの白髪《はくはつ》が不気味《ぶきみ》だが、身なりは上品に見えた。たまご色で丈《たけ》の長い、古めかしい衣服をまとい、しわまみれのひたいには、金色の細い飾《かざ》りが光っている。

どこかの王さまか、あるいは昔話に出てくる古式ゆかしい魔法使《まほう》いのようにも見えた。

「……おや」

ノラたちのすがたを正面から見た老人が、片手《かたて》は木の幹《みき》に、もう片方《かたほう》の手は腰《こし》にあて、じりじりと足を引きずるのをやめた。

「なんと、小さな魔女《まじょ》たちだったか」

しわがれた声で言われたとたん、ノラの心臓《しんぞう》が、どくんとはねあがった。

「ま、魔女《まじょ》じゃないよ。あたしたちは……」

が、ノラはそこで、自分の言葉をのどの奥《おく》へ飲みこんだ。

老人の、長い衣服のすそから、ずるずると水玉もようのしっぽが現れた。なめらかな鱗《うろこ》の光る、細いしっぽだ。勝手にのたくるトカゲのしっぽを、老人は不思議《ふしぎ》そうに見おろしている。

「――おや。腰《こし》がなおった。だがこんなものは、体にくっついていなかったはずだが」

灰色《はいいろ》の水玉もようのしっぽがくねるさまを観察しながら、老人はまがっていた背《せ》中《なか》を、まっすぐに起こした。

リンゴがぱちくりとまばたきをし、ソンガが大きなため息をついた。

「……やっちゃった」

ノラは三つ編《あ》みの先っぽをつかんで、口をおおった。

水玉もようのトカゲのしっぽは、たまご色の衣《ころも》のすそから落ち葉のつもった土の上へ伸《の》びて、好き勝手にのたくりまわった。老人はしばらく、自分の体から生えている爬虫類《はちゅうるい》の尾《お》をものめずらしげにながめていたが、まっすぐ起こした腰《こし》をぽんとたたくと、幾《いく》すじものしわを刻《きざ》んだおだやかな顔をこちらへむけた。

「ありがとう。魔法《まほう》で痛《いた》みを消してもらったようだ」

老人がお礼を言うと、灰色《はいいろ》の尾《お》が木もれ日を照《て》りかえしながらくねった。ノラはしどろもどろで、ただもう血の気が引くばかりだった。

「あ、あの、あたし、魔女《まじょ》じゃないよ。魔女《まじょ》は、空の上の棲《す》み家《か》にしか、いないでしょ？」

いまさらごまかせるとも思えなかったが、ノラはつっかえながらそう言った。すると老人が、リンゴに顔を寄せた。

「おや、では、こちらが魔女《まじょ》だったかな？」

「えっ」

ノラは飛びあがりそうになって、リンゴと老人のあいだへ割って入った。

「ま、待って！　この子は、魔女《まじょ》じゃない。人間なの。……ごめんなさい、そのしっぽは、あたしのせい」

こめかみで、どくどくと脈《みゃく》が打っている。こうなってはもう、白状《はくじょう》するほかなかった。こんなにあっさりと正体を見ぬかれてしまうとは思っていなかったけれど、それもこれも、おどろいた拍子《ひょうし》にだけかかってしまう、ノラの魔法《まほう》のせいだ。

ノラは相手の顔を見ていられずに、ぎゅっと目をつむった。

「ふむ、そうなのかい。……けれど、こちらの子からも、魔女《まじょ》の気配《けはい》がするがなあ」

老人は落ちついた声でそう言うと、手を伸《の》ばし、うやうやしくさえ感じられるしぐさで、リンゴの頭にふれた。リンゴはこわがるようすもなく、若葉色《わかばいろ》の目をぱちりと開いて、長い白髪《はくはつ》の老人の、ひたいの金の飾《かざ》りを観察している。

ノラはもう、半分むきになって、チリンと足をふみ鳴らした。

「ちがうってば！　その子はちがう。魔女《まじょ》はあたしだって、言ってるでしょ！」

こつんと、ソンガのツノが、ノラの肩《かた》をつついた。が、ソンガが伝えようとしていることをノラが知るには、もうおそかった。

「魔女《まじょ》……？」

　村へ通じる山道の先から、声がした。はっとしてノラがふりむくと、木でできたバケツをさげた一人の男の子が、あぜんとしたようすでノラたちを見つめ、立ちつくしていた。バケツはからっぽで、どうやら、これからなにかをとりに山へ入るところらしかった。

　ノラは、またおどろいて魔法《まほう》をかけてしまったのではないかと、とっさにリンゴの手をつかんだ。なにも起こらず、リンゴがノラの手をにぎりかえしただけだった。

「魔女《まじょ》って……魔女《まじょ》って言ったか？　なあ？」

　土で頬《ほお》を汚《よご》し、髪《かみ》や肩《かた》にニワトリの羽根をまといつかせた男の子は、食い入るようにノラを見つめたまま、ひと息にこちらへ近づいてくる。ノラはおそろしくなって、ここから逃《に》げるため、ソンガの背中《せなか》によじのぼろうとした。ところが、

「魔女《まじょ》さま！」

鼻と鼻がくっつきそうなほど顔を近づけ、男の子がさけんだ。

「お願いです、魔法《まほう》でおれのじいちゃんの病気を、なおしてください！」

ノラはソンガの背中《せなか》へ片足《かたあし》をかけた不自然な姿勢《しせい》のまま、まばたきをくりかえすばかりだった。

「ぴょ、病気？」

「そう！　魔女《まじょ》さまの魔法《まほう》にたよれば、どんな病気もなおるんだって、昔、母ちゃんが言ってたんです！」

男の子は、ノラよりも背《せ》が高く、いくつか年上に見えた。それなのに、両の目をきらきらとかがやかせて、ノラを「魔女《まじょ》さま」などと呼《よ》ぶ。ノラは、棲《す》み家《か》で教わった人間にかんすること、北の塔《とう》の書庫《しょこ》で読んだ古い本に書かれたことを必死に思いだそうと頭を働《はたら》かせたけれど、ぐるぐるとからまわりをするばかりだった。

すっかり興奮《こうふん》しきって、男の子はノラの手をつかんだ。子どもなのに、骨《ほね》ばって、かたく引きしまった手だった。

「だ、だから、あたしは……ええと、ええと、さっきのは……」

「とにかくうちに来て、じいちゃんに会ってやってほしいんだ。このとおり！」

なにが起きているのだろう。どうしてこの男の子は、ノラが魔女《まじょ》だと知りながら、おそれることも、きらうこともしないのだろう？

「……おい、もうしゃべってもいいか？」

ソンガがそう言って、ぱたぱたっと耳をふるった。

男の子は、自分のことをヒオと名乗った。

「じいちゃんは、足が悪くて、肺《はい》もよくないんだ。ほとんどベッドから出られないから、おれが働《はたら》いて世話をしてるんです。でも若《わか》いころは、それはもう、だれにも負けない働《はたら》き者で、村で育てるルタイモだって、じいちゃんの畑でとれるのは、みんながたまげるくらいでっかくって……」

山道をとうにおりきり、ノラたちは、村のなかへ入ってきていた。

白髪《はくはつ》の老人は、もう腰《こし》を痛《いた》がりはしなかったが、ソンガの背中《せなか》に一人、横むきに乗っていた。リンゴははだしのまま、手綱《たづな》をにぎるノラのうしろを歩く。

「あ、あのね、このお年寄《としよ》りのこと、知らない？　さっき、たまたま森で出会ったんだ。あんたの村の人じゃないの？」

道案内をするため先頭を行くヒオに、ノラがたずねた。たずねながら、あたりをきょろきょろと見まわす。ニワトリやブタのいる小屋がたちならぶなかを通りぬけてゆくが、人のすがたはなかった。べつの場所で仕事をしているのだろうか。

「いいや、この村の人じゃないよ。魔女《まじょ》さまの連れじゃないのか？」

明るい返事に、ノラは力がぬけた。この老人の帰る家が、村のなかにあるのではと思ったのに。家に送りとどけても、トカゲの尾《お》が消えるわけではなかったが。

（どうしよう……）

ノラはこまって、うしろをふりかえった。老人は背中《せなか》をまるめてソンガの背《せ》に揺《ゆ》られているし、リンゴは頬笑《ほおえ》んで首をかしげるだけだった。ため息をついて、ノラはヒオへむきなおった。

「ね、ねえ、あのさ……人間は、魔女《まじょ》がきらいなんじゃなかったの？」

するとヒオは、くるりとこちらへ体をむけ、うしろむきに歩きながら大きく首をふった。

「みんながみんな、そんなわけじゃない！　たしかに、神炉《じんろ》のそばにいる人間たちは、うんと昔に魔女《まじょ》さまのご先祖《せんぞ》たちを空の上へ追いはらったんだ。そのことは、ほんとにひどいと思うけど……おれの母ちゃんが言ってたよ、魔女《まじょ》さまはそのへんにいる妖精《ようせい》や山女《やまおんな》や、海の魔物《まもの》よりずっと物知りで、人間をたすけてくれる人たちだったんだって。いつか地上にもどってきて、仲なおりすることができれば、人間はみぃんなたすけてもらえるんだって」

ノラは、目をしばたたいた。〈黄金《おうごん》の心臓《しんぞう》〉について書かれた本の中身と、そっくりだ。どうしてこの男の子が、そんなことを知っているのだろう？

ふん、と、鼻を鳴らしたのはソンガだった。

「それじゃ、人間ばかりが得《とく》をするみたいじゃないか？　魔女《まじょ》はそれまで住んでいた土地ごと、根こそぎに奪《うば》われたっていうのに」

ヒオが、びくりと肩《かた》をすくめた。ソンガが口をきくことに、どうやらまだ慣《な》れないようだ。

「やめて、ソンガ。——それより、ヒオ。せっかくだけど、あたしたち……」

そのとき、ノラのおなかが、ぐう、と悲鳴《ひめい》をあげた。あわてて両手で押《お》さえるノラに文句《もんく》を言うように、つづけざまにぐるぐると音がする。

一瞬《いっしゅん》目をまるくしたヒオが、すぐに屈託《くったく》なく笑った。

「なんだ、おなかがすいてたんだな！　魔女《まじょ》さま、うちでごはんを食べてってくれ。たいしたもんはないけど、めいっぱいごちそうするよ！」

家畜《かちく》たちの小屋のあいだをぬけ、背《せ》の低い果樹《かじゅ》の下を通っていった先に、たいへん小さな一軒《けん》の家があった。

家というよりも、小屋とか納屋《なや》とか呼《よ》ぶほうがふさわしく思えるような、粗末《そまつ》な建物だ。

庭に育ったネムの木が、低い屋根に枝《えだ》をさしかけている。

村のはずれの家は、ほかの家々からぽつりとはなれてたっていた。

「じいちゃん、ただいま!」

さけびながら、ヒオが家のドアにむけて駆《か》けてゆく。

（ちがうのかもしれない……あたしが知ってることと、ほんとうの人間は、ちがうのかも……）

すくなくともリンゴや、このヒオという男の子は、ノラがこれまで教わってきた人間とは、まるでちがっている。魔女《まじょ》をきらい、どんな手を使っても追いはらおうとする、おそろしい存在《そんざい》なんかではない。

ソンガを庭に残して、ノラたちは、家のなかへまねき入れられた。家のなかは片《かた》づいていて――というより、ほとんどものがなくて、ノラのかいだことのないにおいがした。食事を作る炉《ろ》とテーブルのある食堂《しょくどう》、そしてその奥《おく》にもうひとつ部屋があって、ヒオはそちらへ入っていった。

「……ああ、足が疲《つか》れてしまった」

老人はそう言って、食堂《しょくどう》の椅子《いす》に腰《こし》かけた。なめらかにくねるトカゲの尾《お》のことは、ちっとも気にかけていないようだった。

つれてこられたはいいが、ノラでは、ヒオのおじいさんの病気をなおせない。いちばん上のズー姉さんならできたかもしれないが、ノラには無理だ。それを、どうやって伝えたらいいだろう？　もし、ろくに魔法《まほう》を使えないと知ったら、やっぱりヒオも、ノラをきらいになるだろうか。……そんなことを考えていると、奥《おく》の部屋から、どなり声が響《ひび》いてきた。

「この、ばかたれが！」

ぎょっとして、ノラはリンゴと顔を見あわせた。リンゴはあわてるでもなく、緑色の目をぱちくりさせている。ノラは思わず、奥《おく》の部屋へ通じるドアを押《お》し開けた。

「ど、どうしたの？」

部屋のなかには、ベッドが一台置かれているきりだ。その上に体を起こし、顔をまっ赤にしているおじいさんと、ノラはまともに目があった。鋭《するど》く息を飲み、おじいさんは、ベッドの上で飛びすさった。けれどもすぐに背《せ》もたれと壁《かべ》に体をぶつけ、はげしくせきこんだ。

「じいちゃん、落ちついてくれよ。悪人なんかじゃないよ、この人たちは――」

ベッドの横からなだめようとするヒオを、おじいさんが歯をむいてにらみつけた。

「だまれ！　見ろ、魔女《まじょ》だぞ！　あの目、あの耳飾《みみかざ》り、まちがいない。黒い血の流れる魔女《まじょ》め。なぜあんなものをつれてきたんだ、すぐに追いだせ！　魔女《まじょ》なんぞ、もう、地面の上にいるはずがないのに」

指さされて、ノラはドアのところに立ちつくした。すぐうしろ、ノラと体がくっつくほどそばにリンゴがいて、同じ言葉を聞いている。

「なんてこと言うんだよ、じいちゃん！」

「さっさとほうりだせ。いいか、魔女《まじょ》なんぞ信じるな。さもないと、おまえのばあさんと同じことになる……」

せきの発作《ほっさ》がひどくなり、おじいさんは、それ以上しゃべることができなくなった。ヒオがあわてて背中《せなか》をさすり、枕《まくら》もとに置いてあった薬を飲ませると、苦しそうにうめきながら、おじいさんはベッドに身を横たえた。木枯《こが》らしに似《に》た音の息をしながら、おじいさんは両手で空気をかきまわした。おぼれているようなそのしぐさは、悪いものを追いはらおうとしているのだった——魔女《まじょ》であるノラのことを。

しばらくして、おじいさんがいびきをかきはじめると、ヒオがまっ青な顔をうつむけて、ノラたちのほうへ歩いてきた。

「……魔女《まじょ》さま、ごめんなさい。じいちゃんが、とんでもないことを言ってしまって……」

ヒオは泣きそうな顔になり、いっしょうけんめいにノラたちにわびる言葉をつらね、せめてここでごはんを食べていってほしいとうったえた。

けれども、ノラの耳は粘土《ねんど》でもつまったようになっていて、ヒオの言葉をきちんと聞きとることができなかった。

2　魔女《まじょ》と人間

けっきょく、ノラたちは、追いだされたりはしなかった。

ヒオは何度も何度もあやまりながら、ノラとリンゴとあの老人に、ごはんをふるまってくれた。あたたかい食べ物をおなかに入れて、ノラの体はずいぶんと落ちついたのだが、なにを食べたのかはちっともおぼえていなかった。

ぼうっとしたままのノラを心配したのか、食事がすむと、ヒオはノラとリンゴを屋根裏《やねうら》部屋へ案内した。

「せまいけど、ここしかないんだ。使ってください」

ヒオはてきぱきと、低いベッドのふとんからホコリをはらい、床《ゆか》にもひと組の毛《もう》布《ふ》をひろげた。

「さっきは、ほんとにごめんなさい。じいちゃん、考え方が古いもんだから、あんなとんでもないこと言ってしまって……魔女《まじょ》さまが、せっかく来てくれたのに」

頭のうしろをかきながら、ヒオは弱々しくうつむいた。

「でもおれは、魔女《まじょ》さまと会えて、ほんとにうれしいんだ。信じてください。おれのばあちゃんは――もう死んじゃったんだけど――魔女《まじょ》の友達がいたんだって、いつもうれしそうに話してたんだ。おれ、自分もいつかばあちゃんみたいになれたらなあって、ずっと思ってたから、ほんとにほんとに、うれしくって。うちはこのとおり貧乏《びんぼう》で、ちゃんともてなすこともできないけど、ひとまずここで、ゆっくり休んでください」

頭をさげるヒオとのあいだに、見えないけれど頑丈《がんじょう》な壁《かべ》が生まれているのを、ノラは感じた。ここしか部屋がないというなら、今日、ヒオはどこで休むのだろう。

しかし、ノラはうまくものを考えることができなかった。あのトカゲの尾《お》が生えた老人も、いつのまにかどこかへ行ってしまったが、それを気にかけることもできなくなっていた。

「……ありがとう」

やっとのことでお礼を言うと、細いはしごをおりてゆくヒオのすがたを見送りもせずに、ノラはベッドへたおれこんだ。リンゴが、となりへよじのぼってくる。まだ日は高く、屋根裏部屋《やねうらべや》の窓《まど》からは、かわいた涼《すず》しい風が吹《ふ》きこんでくる。

「ベッドだ。ベッドで寝《ね》るのなんて、はじめてだよ。ベッドで寝《ね》ると、どんな夢《ゆめ》を見るんだろう」

リンゴはうれしそうにふとんや枕《まくら》のにおいをかいでいたが、ノラが自分の腕《うで》に顔を押《お》しつけたまま動かないのを見ると、不思議《ふしぎ》そうに、肩《かた》に手をあてた。

「ノラ、どうしたの？　どこか痛《いた》いの？」

たずねるリンゴに、ノラは、顔をあげずにかぶりをふることしか、できなかった。

「……魔女《まじょ》なんて、だめなんだ。きらわれるだけだもん」

やっとのことで、そううめいた。

「でも、『魔女《まじょ》さま』って、言ってたよ。ごはんもくれたよ」

リンゴの無邪気《むじゃき》な声が頭の芯《しん》をちくりと刺《さ》して、ノラはがばっと起きあがった。三つ編《あ》みがはねて、いばらのようにかたい髪《かみ》の先が、リンゴの指をたたいた。

「人間は、魔女《まじょ》がきらいなんだよ！　あのおじいさんを見たでしょ？　ヒオは、なんにも知らないから、『魔女《まじょ》さま』なんて言って、あたしたちを家に入れちゃったんだ。ほんとはあたしたち、こんなとこへ来ちゃ、いけなかったんだもん」

自分自身の言葉が、ノラの胸《むね》を引き裂《さ》いた。それなら、どこへ行けばいいのだろう？　ノラも、そしてリンゴも。こらえきれずに泣きだすノラに、リンゴはすっかりおろおろして、涙《なみだ》をふこうとしたり、肩《かた》にふれようとして手を伸《の》ばしかけたが、やがて悲《かな》しそうに自分の服のすそをつかんだ。

「……ノラ、泣かないで。お願い。ベッドで寝《ね》ると、きっと、こわい夢《ゆめ》を見ないよ」

すがるように言うリンゴから逃《のが》れるように、ノラはふたたび腕《うで》に顔をあてて突っぷした。

✦

ヒオの家のまわりに生えた草をむしりとってはもぐもぐと噛《か》みながら、ソンガは種《たね》をつけた雑草《ざっそう》を、わざと玄関《げんかん》のまわりや小さな畑のなかへまき散《ち》らしてやった。

（ろくでなしのじいさんめ。ぜんぶ、庭まで聞こえていたんだからな）

それでもヒオが、ちゃんとノラとリンゴに食べ物をふるまっているようすだったので、ドアをつき破《やぶ》ってなかへ突入《とつにゅう》するのはやめてやったのだ。

ノラがほんとうに〈黄金《おうごん》の心臓《しんぞう》〉を探《さが》しだすつもりならば、この先、探《さが》す方法を考えなおす必要があった。ノラの魔法《まほう》の性質《せいしつ》のために、やはり魔女《まじょ》であることをかくして人間のそばへ近づくことは、むずかしいだろう。だからといって、人間にひどい言葉を浴《あ》びせられるたびに落ちこんでいるのでは、とても旅などつづけられない。

（こんなのはどうだ？　ノラが人間にどなられるたび、人間をこのツノでつき飛ば

す。そうすりゃ、おいそれと魔女《まじょ》の悪口も言えなくなるだろう）

手はじめに、ヒオのおじいさんでためしてみようか。そんなことを考えていたときだった。チリン、と鈴《すず》を響《ひび》かせて、ノラが家から出てきた。ひどく泣いたらしく、目もとを赤くはらしているが、弱ったところを見せまいと、くちびるをぎゅっとかたく結んでいる。

「……リンゴは、寝《ね》てるの」

鼻声で、ノラが言った。

「あのお年寄《としよ》りは、どこかに行っちゃったみたい」

「そうらしいな」

ソンガは、老人がのろのろとどこかへ歩いてゆくのを見ていたが、ノラには言わずにおいた。人には人の用事があるのだ。ぜんぶにかまう必要などない。

ぐすん、と鼻をすすって、ノラがソンガに近づいてきた。姉さんたちにいじめられて、厩舎《きゅうしゃ》へ逃《に》げてくるときと同じだ。……そう思っていたソンガは、ノラが鞍《くら》をはずしはじめるので、いぶかしげに首をさしのべた。

「おい、なにをしてるんだ？　ここがどういうところだか、よくわかっただろう。リンゴが起きたら、とっとと、こんな場所ははなれようぜ」

しかしノラは、手順どおりに鞍《くら》をはずしながら、真剣《しんけん》なおももちでかぶりをふった。

「だめ。この鞍《くら》は、ヒオのおじいさんの、お薬代にしてもらうんだ」

鞍《くら》がずりさがって背中《せなか》が軽くなるのと同時に、ソンガは目をむいた。

「おいおい、冗談《じょうだん》はよせ。この鞍《くら》は上等だぞ。そんなことに使うもんじゃない」

「きゅうくつだから売っちゃおうって、ソンガが言ったんじゃない」

ノラは重そうに鞍《くら》をかかえ、ソンガの顔を見ようとしない。

「売って、リンゴに靴《くつ》を買ってやれと言ったんだ。あのじいさんは、たいそう魔女《まじょ》がきらいみたいじゃないか。魔女《まじょ》のほどこしなんぞ、うけたくないだろうよ」

「ちがうもん！」

ノラが、足をふみ鳴らした。鈴《すず》が大きな音を立てて揺《ゆ》れる。

「……ほどこしなんかじゃないもん。リンゴがへとへとになってるから、今日は、ここに泊《と》めてもらうんだ。だから、そのお礼だもん」

ぶるん、と鼻を鳴らし、ソンガは口を開きかけた。が、こちらが口をきく前に、ノラは背中《せなか》をむけ、鞍《くら》をかかえて家のなかへ駆《か》けこんでいった。

◆

ヒオはおじいさんの身のまわりの世話を焼いたり、畑へ出かけていったりと、一時もじっとせずに働《はたら》いていた。おじいさんは奥《おく》の部屋で起きているらしく、何度かせきをするのが聞こえてきたが、ノラのことでどなることはしなかった。

それでも自分がまだここにいることを知られないよう、できるだけじっとして、ノラはヒオが畑からもどるのを待った。

テーブルの上には、ソンガの背中《せなか》からはずした鞍《くら》が置いてある。ソンガの言ったとおり、鞍《くら》は質《しつ》のいいものだった。革《かわ》はよく手入れされて照《て》りがあり、飾《かざ》り糸の色つやもきれいだ。あぶみは混《ま》じりけなしの緋色鉄《ひいろてつ》で、見る人が見れば、それなりの値段《ねだん》になるはずだった。

やがて外からヒオがもどってくると、ノラは背《せ》すじを伸《の》ばして椅子《いす》から立ちあがった。

「ヒオ、ちょっと聞いてほしいんだけど……」

ノラが言うと、ヒオは、泥《どろ》のついた顔をあわててぬぐったが、手も泥《どろ》だらけだったので、よけいにまっ黒になった。

ノラは自分が棲《す》み家《か》を出てきた理由を、地面で探《さが》しているもののことを、ヒオに打ち明けた。自分には、ヒオのおじいさんをたすける力がないのだということも。

……話しているうちに手がふるえだし、ノラはテーブルにのせたソンガの鞍《くら》に、汗《あせ》まみれの手でつかまっていた。声までふるえて、ヒオにうまく伝わっているか心配になったが、どうすることもできなかった。

「だ、だから、この鞍《くら》を、もらってほしいんだ。食べるものや、ベッドを貸《か》してもらったから、そのお礼と……おじいさんをたすけられないおわびに」

言いおえたあと、しばらくの沈黙《ちんもく》があった。ノラは、顔をあげることができなかった。魔女《まじょ》に会えたことをあんなによろこんだヒオを、がっかりさせたにちがいない。ヒオもおじいさんのようにどなって、いますぐ出ていけと言うかもしれない。それでも、しかた

がないと思った。ノラのような落ちこぼれの魔女《まじょ》は、そんなあつかいをうけたって、しかたがない……。

ところが、

「魔女《まじょ》さま、ごめんなさい！」

泥《どろ》だらけの手が、とつぜん、ノラの手をつかんだ。顔をあげるノラの目の前に、土で汚《よご》れたヒオの顔があった。

「お、おれ、魔女《まじょ》さまの事情《じじょう》も聞かないで、勝手に家へまねいたりして……そうだよなあ、魔女《まじょ》さまにだって、自分の事情《じじょう》があるんだよなあ。おれ、会えたってだけでうれしくって、舞《ま》いあがっちゃって……ほんとに、ごめんなさい」

ヒオはすまなそうに、今度は両手で自分の頭をかいた。ノラの手が泥《どろ》だらけになっているのには、気づいていないようだった。

「でも、これ、こんなりっぱな鞍《くら》、もらえないよ。魔女《まじょ》さまは、その〈黄金《おうごん》の心臓《しんぞう》〉ってのを探《さが》すんだろう？　旅をするんなら、まだまだずっと、必要なものじゃないか」

ノラは、魔法《まほう》が使えないと知っても、同じように話すヒオにとまどいながら、三つ編《あ》みを揺《ゆ》らして首をふった。

「ううん。これは、一人乗り用だから。この先は、リンゴと二人でソンガに乗って旅をするから、これはあたしたちには、いらないんだ」

「……ありがとう。やっぱり、ばあちゃんの言ってたとおりだ。魔女《まじょ》さまは、とってもやさしいんだって」

「ヒオのおばあちゃんの、友達だった魔女《まじょ》？」

そのころは、まだ魔女《まじょ》の住む場所は空の上ではなく、人間と同じ地面の上だったのだ。ヒオは腕《うで》で目もとをぬぐって、うなずいた。

「ばあちゃんには、すごく仲よしの魔女《まじょ》がいたんです。じいちゃんとばあちゃんは、若《わか》いころに二人でこの村へ引っこしてきたんだ。ここで暮《く》らすのを、魔女《まじょ》さまがずいぶんとたすけてくれたんだって。……だけどこのとおり、ここも暮《く》らしが厳《きび》しくって、おれの父ちゃんと母ちゃんは、神炉《じんろ》を飼《か》いはじめた遠くの町に、出稼《でかせ》ぎに行ったんだよ。おれが、もっと小さかったときに。

三年で出稼《でかせ》ぎから帰ってくるはずだったけど、父ちゃんたちは帰ってこなかった。ずいぶんたってから、とちゅうの山道で地くずれが起こって、それに巻《ま》きこまれたんだってわかった。おれが生まれる前にはもう、魔女《まじょ》さまは空の上へ引っこしてしまってたんだけど、ばあちゃんは、自分の友達だった魔女《まじょ》さまなら、きっとなんとかしてくれるって、思ったんだ」

もうおそかったのにな、と、ひとりごとのように、ヒオはつけたした。

「じいちゃんが止めるのも聞かないで、ばあちゃんは、高い丘《おか》のてっぺんにのぼって、魔女《まじょ》さまを呼《よ》びつづけたんだ。何日も、何日も……雨が降《ふ》っても。そんなとこから呼《よ》んでも、きっと聞こえなかったんだ。人間が追いだしたせいで、魔女《まじょ》さまは、空のうんと高いところへ、棲《す》み家《か》をかまえたんだから。——ばあちゃんはそれで風邪《かぜ》を引いて、ひどい肺炎《はいえん》を起こして、死んじゃった。じいちゃんは、だから、魔女《まじょ》さまのことをあんなふうに……」

ヒオは、そこでいったん言葉を切り、ノラの目をまっすぐ見つめた。いつのまにかリンゴが起きて、屋根裏《やねうら》へ通じるはしごを伝いおりてきた。

「だけど、おれはいつかまた、魔女《まじょ》さまが地面にもどってきてくれたらいいって、思うんだ。追いだした人間のこと、ゆるしてもらえるかは、わからないけど……」

ノラはただ、こくりとうなずいた。考えてみたこともなかった。生まれたときから空の上の棲《す》み家《か》にいたノラは、魔女《まじょ》がまた地面の上で暮《く》らすようになる、そんな未来があるかもしれないということすら、想像《そうぞう》したこともなかった。

「はい、めしあがれ」

リンゴが言って、テーブルの上へ、三つのりんごの実をならべた。ノラのカバンから出してきたりんごだ。赤く熟《う》れた実に、ヒオはすなおに手を伸《の》ばした。

「いただきます！」

いい音を立てて、かじりついた。小さな家のなかに、りんごのかおりがひろがり、甘《あま》ずっぱいかおりはずいぶん長く、とどまりつづけた。

3　真夜中の散歩《さんぽ》

夜になってベッドへ入っても、ノラは寝《ね》つくことができなかった。すうすうと、となりから、リンゴの寝息《ねいき》が聞こえる。リンゴは、ヒオが用意してくれた野菜のスープやふかしたイモの夕飯をおいしそうにたいらげると、また眠《ねむ》そうに舟《ふね》をこぎはじめたのだった。これまで、まともに歩いたことも、外へ出たことすらなかったのかもしれない……リンゴの疲《つか》れようを見ていると、ノラにはそう思えてならなかった。

（そうだ。リンゴの靴《くつ》を、なんとか手に入れなくちゃ。足の裏《うら》が、傷《きず》まみれになってたもの。ソンガからおりたとき、あたしの靴《くつ》を貸《か》してあげればよかったな……）

何度か、うとうととまぶたを閉《と》じかけたけれど、そのたびにノラは、眠《ねむ》りからははねかえされた。ヒオもおじいさんも下で寝《ね》ていて、夜は、まるで水のなかのように静かだった。

「おや、まだ寝《ね》ていなかったのか」

とつぜん知らない声がして、ノラはあわてて起きあがった。ヒオが敷《し》いてくれた毛布《もうふ》に、だれかが腰《こし》かけている。ヒオかと思ったが、ちがう。ハシバミ色の、まっすぐな長い髪《かみ》に、たまご色の衣服。チョコレート色のひたいには、金の飾《かざ》りが光っている。トカゲの尾《お》を生やしてしまったあの老人がもどってきたのだと思ったノラは、すぐに、そうでないことに気がついた。

それは、凛々《りり》しい顔立ちの、ノラより五つほど年上と見える、少年だった。

「だ、だれ？」

思わずノラが声を高めると、少年はまるであわてずに、にこりと笑った。少年、ではなく、少女なのかもしれない。あの老人のように年をとってはいないのに、やはりこの子も、男か女かわからなかった。

「わたしだよ、ノラ」

名前を言いあてられ、ノラは目をしばたたいた。それを見て、ひたいに金の飾《かざ》りをつけた少年は——あるいは少女は、さも楽しそうに、くすくすと笑った。

「きみにトカゲの尾《お》を生やされた、あわれな老《お》いぼれさ。まだ名乗っていなかったね。わたしは、シュユ・シンという」

堂々《どうどう》としたたたずまいは、どう見ても、あの老人とは別人だ。だいいち、枯《か》れ木のようだったあのとほうもない年齢《ねんれい》は、どこへ行ってしまったのだろう？　それに、ノラが魔法《まほう》で生やしてしまったはずの、トカゲのしっぽも消えている。

「ど……どういうこと？」

ノラはわけがわからず、ただとつぜん目の前に現れた見知らぬ人物を、にらみつけることしかできない。相手の顔は悠然《ゆうぜん》としていて、けれども、ハシバミ色の瞳《ひとみ》には、真剣《しんけん》な光がやどっていた。その目つきといい、ひたいの金細工《きんざいく》の飾《かざ》りといい、ただならない雰囲気《ふんいき》があった。

「わたしはいま、刑《けい》に服しているんだ。過去におかした罪《つみ》のため、時の牢《ろう》に閉《と》じこめられている……きのう、大きな揺《ゆ》れが起こって、時の牢《ろう》が揺《ゆ》さぶられた。それがきっかけで、錠《じょう》がこわれたらしい。牢獄《ろうごく》の扉《とびら》が開いてしまって、ほうりだされたんだ。わたしは、自分のいるべき場所にもどらなくては」

「ろ、牢獄《ろうごく》？　……いったい、なんで？」

牢屋《ろうや》に入って刑《けい》に服している、ということは、罪人《ざいにん》だということだ。けれど、目の前にとつぜん現れて話す者が、なにか悪いことをしたようには、とても見うけられない。その雰囲気《ふんいき》は、罪人《ざいにん》というよりも、まるでどこかの王族の血を引く者だというほうが自然に思われた。

窓《まど》ぎわからこちらへ近づいてくると、シュユ・シンと名乗った不思議《ふしぎ》な人物は、リンゴの顔をのぞきこんだ。

「この子からは、やはり魔女《まじょ》の気配《けはい》がするね」

おだやかな声に、ノラは大きく目を見開いた。リンゴはなにも気づかずに、寝息《ねいき》を立てつづけている。

「な、なに言ってるの？　この子は、人間だってば」

とっさに声を荒《あら》らげてしまい、不安になって、ノラはリンゴを見おろした。リンゴの寝顔《ねがお》は、この世に心配ごとなどひとつもないかのように、やすらかだった。ハチミツ色の短い髪《かみ》が、月の光に銀色に染《そ》められている。

「かつては、人間も魔女《まじょ》も、同じ土地に暮《く》らしていたんだ。両方の血は、自然に混《ま》じりあっていった。魔女《まじょ》は人間の仲間とのつながりのある者を夫にしないと聞くけれど、両者のあいだに生まれた子どもは、もちろんいたんだ。そしてその子孫《しそん》も。……このリンゴも、きっと遠い魔女《まじょ》の血を引いている」

シュユ・シンは、どこかさみしそうな顔になって、口をつぐんだ。

(リンゴが、魔女《まじょ》……?)

そんなはずはない。この子が魔女《まじょ》なら、自分の魔法《まほう》で、いけにえの運命から逃《に》げようとしたはずだ。……けれども、もし、魔女《まじょ》の血を引くせいで、神炉《じんろ》のいけにえとして育てられたのだとしたら? 人間は魔女《まじょ》を神炉《じんろ》に食べさせていたと、ノラは姉さんたちから教わったではないか。

(名前も持ってなかったんだ。もしもこの子が魔女《まじょ》の血を引くのだとしても、そんなこと、知らされてるはずがない。それに……)

リンゴのハチミツ色の髪《かみ》は、ノラの三番めの姉さん、姉妹《しまい》のなかでもいちばん強い魔法《まほう》の力を持つ、ココの髪《かみ》とそっくりなのだった。そうしてココの髪《かみ》は、姉妹《しまい》のなかでただ一人、お母さんの色をうけついでいるのだという……

シュユ・シンの言葉を信じてよいのか、判《はん》じあぐねているノラに、シュユ・シンは落ちついた声で呼《よ》びかけた。

「よかったら、いっしょに散歩《さんぽ》しないか。人と話すのがとてもひさしぶりなんだ。このすがたでいるあいだに、探《さが》し物の手がかりも見つけておきたいし」

「探《さが》し物って？」

「この近くに、あるはずなんだ――わたしのいるべき場所へ帰るための、鍵《かぎ》だよ」

ノラは、ためらいながらもうなずいた。いま、ここで話していては、リンゴを起こしてしまうかもしれない。やっとあたたかい食べ物をおなかに入れ、疲《つか》れた足を休ませているリンゴを、朝まで眠《ねむ》らせてあげたかった。

外はしんとしていて、山すその集落《しゅうらく》には月の光がたっぷりとそそぎこんでいる。

家の外で寝《ね》ていたソンガは、ノラとシュユ・シンがならんで出てきたことにちゃんと気づいているようだったが、呼《よ》び止めようとはしなかった。それでノラは、このシュユ・シンが、警戒《けいかい》しなければならない相手でないことがわかった。ノラのそばにいるのが悪い人物なら、ソンガが見逃《みのが》すはずがないからだ。

ランプも持たず、村の裏手《うらて》の林のなかを歩くノラたちは、まるで月光のなかを泳いでゆくようだった。フクロウが枝《えだ》の上でつぶやいたり、ネズミかトカゲが落ち葉の上を走ってゆく音のほかには、ただノラの足首の鈴《すず》が、チリンチリンと鳴るばかりだった。

「ねえ、あんたはどこから来たの？　リンゴが魔女《まじょ》って、どういうことなの？　探《さが》し物って？　それに……いったいなんの罪人《ざいにん》だっていうの？」

質問《しつもん》をつらねるノラに、シュユ・シンが小さく笑った。

「神炉《じんろ》を飼《か》いならすすべを見つけて、それを人々に伝えたこと。それが、わたしの罪《つみ》さ」

「え？」

夢《ゆめ》のなかにでもいるのかもしれない、とノラは自分の感覚をうたがってみた。ほんとうは自分も、リンゴのとなりで眠《ねむ》っているのかもしれない。それくらいに、シュユ・シンの存在《そんざい》も、その言葉も、現実《げんじつ》のこととは思えなかった。

「わたしはその昔に、魔法《まほう》の力も使えない人間たちのため、神炉《じんろ》を飼《か》いならす方法を見つけた。各地で飼《か》われるようになった神炉《じんろ》は、たくさんの火を生み、人々を以前よりも豊《ゆた》かにした。病気やけがをした者をたすける技《わざ》を身につけさせ、ひもじい思いをする者をへらすことができた。あっけなく死ぬはずだった人間たちを、魔女《まじょ》にもおとらぬほどに、強くした。……けれど、そのために魔女《まじょ》は住む場所を追われ、人間たちは神炉《じんろ》にいけにえを用意しなくてはならなくなった。リンゴのように」

ノラの三つ編《あ》みのつけ根が、ぴりぴりとざわついた。シュユ・シンが、拝《おが》むような横顔で月を見あげる。

「たいへん美しいんだ。神炉《じんろ》の火は……神のはやさで咲《さ》いてゆく火の花は。わたしはまず、その美しさのとりこになった。これほど美しいものならば、きっと人々に幸福をもたらすにちがいないと考えた……愚《おろ》かにも、そう信じた」

シュユ・シンはまっすぐに顔を前へむけ、とても真剣《しんけん》な目をしていた。

「神炉《じんろ》は人間のために存在《そんざい》するわけではない。はじめにそのことに気づくべきだった。もしもひとたび神炉《じんろ》が暴《あば》れはじめれば、人間の住む村など、たちまちにわざわいに飲みこまれてしまう。

――だからわたしは、時の牢《ろう》に閉《と》じこめられている」

「……時の牢《ろう》って？」

「重い刑《けい》に服する者のための、とくべつあつらえの牢獄《ろうごく》さ。わたしには無限《むげん》といえるほどの時間があるけれど、その時間はでたらめにつぎはぎされている。だからだれかと会ってもおぼえておくことができないし、ひとつのことを、よく熟《じゅく》すまで考えることもできない。そうしてわたしのことをおぼえている者は、やがて世界から一人残らずいなくなり、わたしが存在《そんざい》したという記録も消え去る――それが、わたしのうけている罰《ばっ》なんだ」

そう告《つ》げるシュユ・シンの声は、とてもさびしそうだった。ノラは急に、なにか言わなくてはという焦《あせ》りに駆《か》られた。はじめて会ったということも、ノラには意味のわからないことを言っているということも忘《わす》れるほど、シュユ・シンの気配《けはい》や声は親しげだった。となりを歩くのは人ではなく、何百年も前からそこにいた樹木《じゅもく》かなにかなのではないかと思えるような、自然なたたずまいだった。

「だ、だけど……」

ノラは鈴《すず》の音を止めるため、一度立ちどまった。

「だけど、人間は、あたしの心臓《しんぞう》をなおしてくれたよ。生まれてすぐに止まりかけて、魔法《まほう》じゃどうしてもなおせなかったんだって。人間の医者がたすけてくれたんだ。それって、神炉《じんろ》のおかげなんだよね……?」

しゃべるうち、ノラの胸《むね》のなかに、ほどき方のわからない結び目ができていった。神炉《じんろ》のおかげで、ノラは生きのびたと言える。けれど、神炉《じんろ》はいけにえとして、リンゴを食べようとしていたのだ。あのおそろしいうなり声が、耳の底によみがえる。

「どうして、牢屋《ろうや》に帰りたいの？　せっかく、外へ出られたんでしょう？」

ノラが言うと、シュユ・シンは顔に月の影《かげ》をやどすようにして、笑った。

「わたしは、自分のしたことがなんだったのかを、よく思い知ったから。だから、脱獄《だつごく》をしようとは思わない」

シュユ・シンは、すその長い衣《ころも》をやぶに引っかけることもなく、まるでこの場所を歩き慣《な》れているかのように進んでゆく。

（時間がでたらめ……それじゃあ……）

ノラは、トカゲのしっぽが生えたあの老人が、なぜ消えてしまったのか、だんだんにわかりはじめてきた。

「それじゃ、シュユ・シン、あんたがあのお年寄《としよ》りなの？　時間がもどって、若《わか》くなってるの？」

「はじめから、そう言ってるじゃないか」

シュユ・シンは、楽しそうに首をかたむけた。

「きみに魔法《まほう》をかけられていない時間に、いまはいるんだ。またいつか、魔法《まほう》をかけられた時間にふみこめば、あのしっぽが生えてくるだろうね」

はるかな未来にとどくかもしれない、だれかからの手紙を待っている者の声のようだと、ノラは思った。期待とあきらめがひとつになった、とてもせつない声だ。

「……きみが、人間からひどい言葉を投げつけられるようになったのも、もとはといえば、わたしのおこないのためなんだ」

シュユ・シンの声が、ふいにしずんだ。ノラはどきりとして、うつむき、くちびるをすぼませた。手が無意識《むいしき》に、服の上から、竜《りゅう》の鱗《うろこ》の袋《ふくろ》をにぎった。

「でも、関係ないよ。だってあたし、ふつうの魔女《まじょ》じゃないいんだもん。できそこないなんだ。それに……」

それに、ヒオはちがった。いつか、魔女《まじょ》が地面の上にもどってくればいいと、真《しん》剣《けん》に言っていたのだ。

「ねえ、牢屋《ろうや》をこわしちゃった揺《ゆ》れって、なんだったの？」

「さあ、わからない。だけど、地上で大きな力が働《はたら》いたようだった。まるで魔法《まほう》の力のような——そのときになくした牢《ろう》の鍵《かぎ》が、この近くにあるはずなんだ」

ノラはどきりとした。ひょっとして、それは、神炉《じんろ》の巣《す》でノラが引き起こしてしまったさわぎのせいなのではないか……。

そのとき、暗い林のむこうを、なにかの影《かげ》がよぎった。すばやい動きで、一瞬《いっしゅん》で消えてしまったそれは、大きな動物のように見えた。が、はっきりとたしかめることはできなかった。

ノラとシュユ・シンは、息を殺《ころ》して立ちどまった。たしかになにかがいたのに、林のなかにはすぐさま静寂《せいじゃく》がもどり、あとにはフクロウが内気そうにつぶやくばかりだった。

「い、いまの、なんだろう？」

狼《おおかみ》だろうか。それにしては、かたちがおかしかった。山猫《やまねこ》か、あるいはサルのようにも見えた。

「あれだ――」

影《かげ》がよぎった先へ目をこらし、シュユ・シンが駆《か》けだそうとした。が、つぎの瞬《しゅん》間《かん》には、その足は前へ出すことができなくなっていた。ひたいの金の飾《かざ》りがかがやき、シュユ・シンのりんかくが、空気へ拡散《かくさん》してゆく。

「あっ。シュユ・シン!」

ノラは大あわてで、シュユ・シンにむかって腕《うで》を伸《の》ばした。

◆

山の上の空が白みはじめると同時に、ソンガは大あくびをした。首と足をぐっと伸《の》ばすと、ヒオの家の庭に生えているネムの木の幹《みき》に、心ゆくまでツノのつけ根をこすりつけた。

ご感想、ご意見をおよせください

＊ご感想、ご意見は、右のQRコードからもお送りいただけます。
https://www.doshinsha.co.jp/review/

■お読みになった
本のタイトル

＊この本のご感想、ご意見、作者へのメッセージなどを、お聞かせください。

ご記入日　　年　　月　　日

フリガナ
お客様の
お名前　　（男・女）　　歳　　TEL

ご住所 〒

この本をお買い求めになったのは……
□お子さん・お孫さんへ →
□園や学校の子どもたちのため
□文庫や読み聞かせ活動のため
□ご自身で読むため　□その他（　　　）

お子さん・お孫さんのお名前

年　月生（　）歳	年　月生（　）歳
年　月生（　）歳	年　月生（　）歳

Eメール

小社カタログを……………………………□希望する　□希望しない
「母のひろば」の見本誌を（無料）………□希望する　□希望しない
小社のメールマガジンを …………………□希望する　□希望しない

＊お客様の個人情報は、「母のひろば」（裏面参照）やカタログの発送以外には使用いたしません。
＊およせくださったご感想などは、作者の方もお読みになる場合があります。
また、小社ホームページおよび「母のひろば」、宣伝物等に掲載する場合がございます。

ノラは、夜ふけに出かけたっきり、まだもどらない。どこかで道に迷《まよ》っていなければいいが、と考えながら、ソンガは朝つゆたっぷりの甘《あま》い草をはんだ。

(ただの散歩《さんぽ》にしちゃ、いやに帰りがおそいな。どこかで、また魔法《まほう》をやらかしているんでないといいが)

そんなことを考えながら朝食を味わうソンガに、上から声がかかった。

「ソンガ、おはよう」

屋根裏《やねうら》部屋の窓《まど》から、リンゴが顔を出している。きのうは疲《つか》れきったようすをしていたが、ぐっすり眠ったおかげか、顔色がすっかりよくなっていた。

「ねえ、ノラはどこ？　寝《ね》てるあいだに、どこかへ行っちゃったの」

「じきに帰ってくるだろうよ。そろそろ、腹《はら》をへらすころだからな」

ちょうどソンガが言いおわるのと同時に、鈴《すず》の音が響《ひび》いてきた。足を引きずって林のなかから出てくるノラを見つけ、ソンガは、ぶるるっと短い尾《お》をふり立てた。

「ただいま……」

シュユ・シンと二人で出かけたはずだが、歩いているのは、ノラ一人だった。連れはというと、とほうに暮《く》れた顔をしているノラの、腕《うで》のなかにいた。

「おかえり、ノラ！　その子、だあれ？」

リンゴが不思議《ふしぎ》そうに声をかける。ノラが抱《だ》きかかえている、ひたいに金の飾《かざ》りをつけた赤んぼうが、あぶぶう、と声をあげた。

4　市場のどろぼう

ヒオがテーブルの上にかごの中身をあけると、甘《あま》い土のかおりが部屋じゅうに立ちのぼった。この村でとれるというルタイモと、山でとってきたばかりの何種類《なんしゅるい》ものキノコが、テーブルの上でごろごろとにぎわった。

ノラが、目の前で赤んぼうになってしまったシュユ・シンをかかえ、やっとのことでもどってきた、そのずっと前に、ヒオは外へ出て畑や家畜《かちく》の世話をしていた。山へ入ってキノコまでとってきて、足も手も、まだ朝だというのに、すっかり汚《よご》れている。

「すぐ、朝ごはんにするからな。……ところで魔女《まじょ》さま、そのちびっ子は、どうしたんだ？」

土で黒くなったヒオの指が、ノラのかかえている赤んぼうをさししめした。ハシバミ色の目をぱっちりと見開いて、赤んぼうは、ヒオの指先を飲みこむように見つめている。

「うーんと、話せば長いんだけど……」

椅子《いす》にかけているノラのそばにひざをつき、リンゴが食い入るように、赤んぼうに顔を寄せている。まんまるなひたいには、いかにも重そうな金の飾《かざ》りが光っている。その飾《かざ》りは、シュユ・シンのつけていたものとまったく同じ、その肌《はだ》や瞳《ひとみ》の色も、同じだった。それもそのはず、この赤んぼうは、シュユ・シンその人なのだ。

夜ふけの林のなかで、シュユ・シンはとつぜん縮《ちぢ》んで、こんなすがたになってしまった。もちろんしゃべることも、歩くこともできず、ノラは帰り道を見うしなって、やっとの思いでヒオの家までたどり着いたのだった。

シュユ・シンから話を聞き、この目で見たというのに、まだ信じられなかった。シュユ・シンが、神炉《じんろ》を飼《か》う方法を考えだした人物で、その罰《ばつ》として時間をでたらめにされた存在《そんざい》だなんて。

「ねえ、その『魔女《まじょ》さま』っていうの、もうやめてよ。あたし、ノラっていうんだよ」

ノラはシュユ・シンを見つめていた目を、ヒオにむけた。

「だって、ばあちゃんと母ちゃんが、魔女《まじょ》さま魔女《まじょ》さまって、ずっと言ってたもんだから」

ヒオは照《て》れたようすで笑って、ナイフでイモの芽《め》をとりのぞいてゆく。

「……だけど、友達だったんなら、名前で呼《よ》べばよかったのにな。よっぽど魔法《まほう》がすごくって、それで、名前で呼《よ》ぶなんて、おそれ多かったんだろうな。ばあちゃんの友達の魔女《まじょ》さまも、ちょっぴり、さびしかったかもしれないな」

しゃべりながら、ヒオはルタイモの芽《め》をとりおわり、キノコのかさの裏《うら》をそうじしてゆく。どうしてそんなに休みなく手が動くのだろう。ノラにはヒオの仕事が、だんだん魔法《まほう》じみて見えてきた。

(魔女《まじょ》が、人間と暮《く》らしてたころ……)

そんな時代が、たしかにあったのだ。ノラは、赤んぼうの頬《ほお》をめずらしげにつついているリンゴに、視線《しせん》をむけた。

——その子からは、魔女《まじょ》の気配《けはい》がするね。

真夜中に、シュユ・シンが口にした言葉。あれは、ほんとうなのだろうか？　きのうからたくさんのことが起こり、あまりにたくさんの話を聞いて、ノラの頭のなかは、うまく整理がつかなくなっていた。リンゴは、チョコレート色の赤んぼうの頰《ほお》を気がすむまでつついたりくすぐったりすると、今度はヒオがきれいにしてゆくキノコの観察をはじめた。

きのうのごはんとほとんど変わらない朝食をすませると、ヒオは鞍《くら》を売りにいくと言った。

「街道沿《かいどうぞ》いの市場でなら、いい値段《ねだん》がつくと思うんだ。せっかく魔女《まじょ》さまに——ノラにもらったものだから、ちゃんと値打ちのわかるやつに買ってもらわなきゃ。ノラたちも、いっしょに行くか？」

ノラは、リンゴと顔を見あわせた。小さくなってしまったシュユ・シンをかかえ

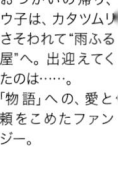

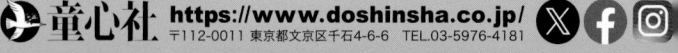

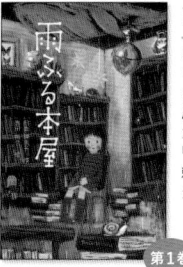

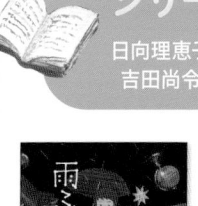

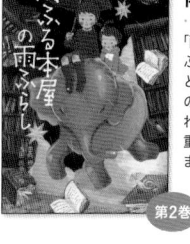

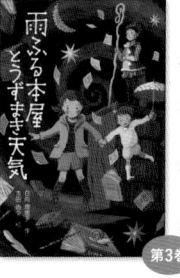

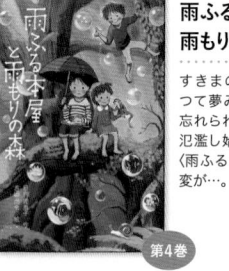

みなさんへ

ノラたちのことを好きになって

「雨ふる本屋」に続き、また新たな日向さんの物語の絵を描かせてもらえて嬉しいです。

ノラたちの物語は「雨ふる本屋」とはまるで違う世界だけど、ああ、この感じ！ 日向さんの物語だ！と安心して、すーっと入って行けるような。ノラたちもどこか「雨ふる本屋」のルウ子やホシ丸くんを見ているような微笑ましいところもあって、絵を描いていて楽しいです。ノラたちのことを好きになってくれたらいいなー。

ノラたちと一緒にわくわく冒険するように読んでもらえたら嬉しいです。

絵・吉田尚令《よしだひさのり》

プロフィール

1971年大阪府生まれ。絵本や書籍の挿画などを手がける。主な作品に「雨ふる本屋」シリーズ（童心社）絵本『希望の牧場』『悪い本』（共に岩崎書店）『星につたえて』『ふゆのはなさいた』（共にアリス館）『はるとあき』（小学館）などがある。

作者から読

ノラをあなたの冒険の仲間に

書いているあいだ、ノラはちっとも笑いませんでした。

この物語の主人公は、がんこ者で、一生けんめいで、泣き虫の魔女の子です。

わくわくする魔法はちっとも使えませんが、出会う人々といっしょに呼吸をし、その言葉を必死に聞こうとする魔女になりました。

ノラのまわりに集まるのも、不器用で、言葉たらずで、やさしい人々みたいです。

こんがらかった世界で探し物をつづけるノラを、どうかあなたの冒険の仲間にしてもらえたらうれしいです。

作・日向《ひなた》 理恵子《りえこ》

プロフィール

1984年兵庫県生まれ。主な作品に「雨ふる本屋」シリーズ（童心社）「火狩りの王」シリーズ（ほるぷ出版）『ネバーブルーの伝説』（角川書店）『迷子の星たちのメリーゴーラウンド』（小学館）『星のラジオとネジマキ世界』（PHP研究所）『魔法の庭へ』（童心社）などがある。

いばらの髪のノラ
thorn-haired Nora
I 黄金の心臓
日向理恵子◇作
吉田尚令◇絵

てゆくのは、楽ではなさそうだったが、ここでおじいさんと待っているのも気が引けた。あるいは……これでヒオとは、おわかれをしたほうがいいのかもしれない。

ノラには、探《さが》さなくてはならないものがあるのだ。

（だけど、シュユ・シンも、探《さが》し物があるって言ってたんだ）

この近くにあるはずだと、シュユ・シンはそう言っていた。赤んぼうになってしまったシュユ・シンは、ヒオにむかって手を伸《の》ばすと、たよりない指をにぎったり開いたりした。

「……わかった。いっしょに行く」

ノラは、椅子《いす》から立ちあがった。人が多いところへ行けば、〈黄金《おうごん》の心臓《しんぞう》〉についても、シュユ・シンの探《さが》し物についても、なにか手がかりが見つかるかもしれない。

村はずれの川をわたり、林と農地がまだらもようになっているなだらかな丘《おか》をくだり、わだちあとのある大きな道へ出ると、市場が立っているのがすぐにわかった。

人が多くてにぎやかだ。が、近づくにつれ、ただのにぎわいとはちがうざわめきが、市場に起こっているのが聞こえてきた。

「……なんだろう？」

ソンガの鞍《くら》をかかえたヒオが、足を止めた。

あわてたようすの人の声と、空気のなかに混《ま》じっている緊張感《きんちょうかん》が、ノラの足をひるませた。

「なんかあったみたいだ。見てくる。ノラたちは、ここで待っててな」

そう言うなり、ヒオは鞍《くら》をかかえたまま駆《か》けだした。ノラは「待って」とさけぼうとしたが、もうヒオは、ずっと先へ行ってしまっていた。

「よし」

とつぜん、ソンガが耳をふるった。

「ここであの人間とは、わかれるとしよう。そのへんてこな赤んぼうともだ。ノラ、乗れ。〈黄金《おうごん》の心臓《しんぞう》〉探《さが》しの、つづきをはじめるぞ」

ノラは思わず、ソンガから身を遠ざけるように、片足《かたあし》を大きくうしろへ引いた。

「ちょ、ちょっと、ソンガ！　なに言ってるの。あそこに、〈黄金《おうごん》の心臓《しんぞう》〉のありかを知ってる人が、いるかもしれないじゃない。それに、この子はどうするの？」

眉《まゆ》をつりあげるノラに、ソンガはわざとらしくコトコトとひづめを鳴らした。

「あんなやかましいところへ近づくのが、得策《とくさく》だとは思わないね。ノラ、もう一度、本に書かれていたことをよく読んでみろ。人間ならだれでもいいと、書いてあったか？」

ソンガにせまられ、ノラは口を引き結んだ。

「それから、その赤んぼうは、ここへ置いていけ。だれか親切な人間が拾うだろうさ——すくなくとも、その赤んぼうは魔女《まじょ》じゃないんだからな。道ばたじゃ、あんまりだっていうんなら、あのじいさんのいる家へ置いてくるんだ。とにかく、そんなものをつれて、先へ行くことはできないぜ」

ノラは空気のなかへ持ちあげられた魚のように、ぱくぱくと口を動かした。あんまり怒《おこ》ったために、言葉が出てこなかったのだ。乱暴《らんぼう》に頭をふるって、ノラは三つ編《あ》みの先で自分の顔をたたいた。

「ソンガ、あんたね――」

しかし、しぼりだそうとした声は、またたくまに引っこんでしまった。なにかがすごいはやさで、ノラたちのわきを走りぬけていったからだ。

「ひゃっ」

リンゴがおどろいて、ソンガのツノにしがみついた。

「な、なに？」

走ってゆくうしろすがたをたしかめようと、ノラは道のまんなかへ出た。子どもだろうか？　動物だろうか？　しっぽがくねるのが見えた気がしたが、二本足だった。走りつづける何者かは、道のわきの藪《やぶ》へ飛びこんですがたを消してしまった。

「どろぼう！」

うしろから、かなきり声が響《ひび》いた。ぎょっとしてふりむくと、エプロンをかけた女の人が、フライパンをにぎった手をわななかせ、息を荒《あら》らげて道の先をにらんでいる。どうやら、市場から走ってきたらしかった。

「ああ、また逃《に》げられた！　なんだっていうんだ、いつもいつも、うちの店をねらって……」

「あ、あの……？」

怒《いか》りに歯を食いしばっている女の人へ、ノラは、おそるおそる声をかけた。

女の人は上気《じょうき》した顔を、ノラへきっとむけた。そうして、見知らぬ相手に怒《いか》りをありったけぶちまけるように、まくし立てた。

「おかしな子どもが、あたしの店から腸《ちょう》づめを盗《ぬす》んでいったんだよ！　これでもう、三度めだ。こいつでぶんなぐってやったのに、また逃《に》げちまった」

女の人は、重そうなフライパンをふって、ブンと空気をうならせた。

おどおどしているノラの腕《うで》のなかで、赤んぼうすがたのシュユ・シンが体をよじった。あわててかかえなおそうとするノラに、シュユ・シンが顔をしかめてみせた。

ふよふよとたよりない手を、なにかが飛びこんでいった藪《やぶ》のほうへ伸《の》ばし、なにかをつかみたがるようすで指を動かしている。

ノラははっとして、シュユ・シンに顔を寄せた。

「……もしかして、あんたの探《さが》し物も、さっきのやつが盗《ぬす》んだの？」

するとシュユ・シンが、あぶうと口をとがらせた。

ノラは、ソンガに乗っているリンゴを見あげ、うなずいた。

「追いかけよう！」

市場にいた人間たちも——もしかするとヒオも——どろぼうを追ってきているようだった。が、地面すれすれの空中を走るソンガに乗ったノラたちに、ついてこられる者はいなかった。

ノラはシュユ・シンをマントにくるんで自分の体にくくりつけ、頭を低くして前をにらんでいた。うしろではリンゴが、ノラの帯《おび》をつかみ、木の枝《えだ》にぶつからないよう頭をかがめている。

「ソンガ、あいつ、なんだったと思う？　人間じゃなかったよね、だけど……」

「はっきりとは見えなかったが、よくわからん気配《けはい》のやつだったな。さっきの市場の人間に、一発おみまいされたっていうんだろ。それでもこれだけ逃《に》げ足がはやいとなると――」

林のなかを矢のように走るソンガの背《せ》で、そのときリンゴがあっと声をあげた。

「ねえ、あそこ！」

リンゴがさけぶなり、ソンガは前足をはねあげ、なかば体を回転させて立ち止まった。

ノラのつむじが、ピリッとしびれた。何者かが、ノラたちを見おろしている。ふりあおぐノラの視線《しせん》と、木の枝《えだ》の上にいる者の視線《しせん》とが、かちあった。

(子ども？)

ノラか、ヒオと同じくらいの年の子どもが、高い枝《えだ》の上に立っていた。肩《かた》には、ひとつながりのソーセージをかついでいる。

「なんだ、おまえら？」

質問《しつもん》が枝《えだ》の上から降《ふ》ってくるのと同時に、こちらを見おろす子どものうしろで、しなやかな尾《お》が揺《ゆ》れた。ノラが老人のシュユ・シンに生やしてしまったような、トカゲのしっぽではない。なめらかに動く細い尾《お》は、全体が毛皮におおわれていた。明るい灰色《はいいろ》のしっぽと同じく、服から出た腕《うで》やはだしの足にも、短い毛が生えている。三角にとがった耳が、ぴくりと動いた。

「ぬ、盗《ぬす》んだもの、かえしなよ！　市場からだけじゃなく、この子から盗《ぬす》んだものも」

シュユ・シンを揺《ゆ》すりながらノラが呼《よ》びかけると、相手は顔をしかめた。

「知るかよ、そんな赤んぼう」

ぶっきらぼうに言う口のわきに、細いひげがそよいでいる。青い色をした目は、ちょうど猫《ねこ》のそれにそっくりだった。木の枝《えだ》の上に、危《あぶ》なげなく立っている子どもは、人間の男の子にも見え、二本足で立つ猫《ねこ》にも見えた。明らかに人間とはちがうが、人間と同じく地面の上に住むというどんな魔物《まもの》とも、そのすがたは似《に》ていなかった。

「こ、この赤ちゃんのじゃなくて、えっと、同じ人なんだけど、ちがうすがたの人のだよ」

男の子が、さもばかにしたようすで、顔の横へはみだしたひげをざわつかせた。

「なにを言ってるんだか、わからないな。こいつは、おれが拾ったんだ。だれのものでもない」

男の子が、ポケットから金の懐中《かいちゅう》時計をとりだしてみせた。木もれ日にきらりとかがやく時計に、シュユ・シンが大きな声をあげた。——やっぱり、盗《ぬす》まれていたのだ。

「腹《はら》がへってるんなら、これをやるよ」

言うなり男の子は、盗《ぬす》んできたソーセージをこちらへむかってほうり投げた。市場でだれかに買われるはずだったソーセージが、土の上で虫のようにはねた。

「なんてことするの！　食べ物を投げるだなんて！」

ノラは、ほとんど悲鳴《ひめい》に近い声をあげた。

「つかまえられるもんなら、やってみろ、針金頭《はりがねあたま》」

ノラにむかってあかんべえをすると、男の子はくるりと背《せ》をむけ、高い枝《えだ》の上から軽々と飛びおりた。

「あ、あ、あいつ、いま、なんて言った？」

顔をまっ赤にするノラの服を、リンゴがうしろから引っぱった。

「ねえ、ノラ。あの子、血を混《ま》ぜられたんだよ」

「え？」

「捧《ささ》げ物じゃないけど、神炉《じんろ》のために生まれたの。神炉《じんろ》といっしょに生きる子どもだよ」

「あんた、どうしてそんなこと知ってるの？」

大きく目を見開くノラに、リンゴは首をかしげる。

「なんとなく、ちょっとだけ」

「なんでもいい。あいつの盗《ぬす》んだものをとりかえせば、その赤んぼうは置いていけるんだろ」

ソンガが言い、それにこたえるように、シュユ・シンがぶううとうなった。ソンガはノラたちを乗せて、さらに駆《か》けた。幾度《いくど》か、木々のあいだに灰色《はいいろ》のしっぽが見えたが、けっして追いつくことはできなかった。いったい、あの男の子は、なんなのだろう。どんなにけわしい岩山でも自在《じざい》に駆《か》けることのできるヤギの足で、ソンガが空中を追いかけても、いっこうに距離《きょり》を縮《ちぢ》めることができない。

「ソンガ、あの子、へんだよ。妖精《ようせい》や魔物《まもの》だったら、あたしたち、ひととおり勉強したのに……あんなの、いるはずがない」

頭のなかでは、棲《す》み家《か》で学んだ地面の上の生き物についての知識《ちしき》を思い起こしながら、ノラの皮膚《ひふ》は、いいようのない奇妙《きみょう》な感覚にぴりぴりしていた。しかし、どろぼうだというあの男の子のおかしな気配《けはい》より、なによりも、ノラは去りぎわに投げかけられた言葉に腹《はら》を立てていた。

「聞いた？　針金頭《はりがねあたま》って……あたしにそんなこと言っていいのは、棲《す》み家《か》でだって姉さんたちだけだったのに。自分こそ、子どものくせに、ひげなんか生やしてさ！」

走るソンガの上で、ノラは歯ぎしりをした。

「魔女《まじょ》を怒《おこ》らせたら、どれだけこわいか、思い知らせてやる！」

「それはいいが、このままじゃ、らちが明かないぞ」

ソンガが言った。ノラは、さっと視線《しせん》を走らせると、周囲《しゅうい》の木をたしかめた。

「よし、それなら待ちぶせるよ。ソンガ、あいつをあの木の下に追いこんで！」

ノラは一度立ち止まったソンガの背《せ》から、リンゴといっしょにおりると、ヤギだけを先へ行かせた。

「リンゴとシュユ・シンは、かくれてて。出てきちゃだめだからね」

リンゴに赤んぼうを抱《だ》かせ、ノラは歯を食いしばって木にのぼっていった。

5　時の牢《ろう》に住まう者

いくら逃《に》げても、相手はなかなか追跡《ついせき》をやめようとしなかった。

(なんなんだよ、あのヤギは?)

空中を走るヤギなど、見たことがない。おまけに口をきくようだった。

(まさか……)

まさか、自分と同じように作られたのだろうかと、林のなかを駆《か》けながら、タタンは考えた。しかしそれならば、どうしてあんな女の子たちといっしょにいるのだろう……。

ヤギが追ってくる気配《けはい》に、ひげがぴりっと反応する。

枝《えだ》へのぼり、また飛びおり、小さな林のなかをぐるぐると走った。はだしの足の裏《うら》は、どんなかすかな音も立てない。

市場の人間にすがたを見られたので、もうここをはなれるつもりだった。それなのに、市場とは関係がないはずのおかしな連中が、しつこく追ってくる。道や畑へ出れば、あのヤギにあっというまに追いつかれてしまうだろう。逃《に》げるのに有利な林のなかで追跡《ついせき》をかわし、追手《おって》がいなくなるまでどこかにかくれているつもりだった。夜になったら、べつの村か町か、生きのびるために必要なものを少々失敬《しっけい》できる場所へ移動《いどう》するのだ。これまで、ずっとそうしてきたように。

ところが、いくらすばやく逃《に》げまわっても、追手《おって》はけっしてあきらめようとしなかった。一度など、急角度でむきを変えようとしたタタンのわき腹《ばら》を、ヤギのツノが引っかけそうになったほどだ。

もしかすると、ポケットに入っているこれのせいだろうか？

ようやくのことで距離《きょり》をあけ、タタンは密集《みっしゅう》した葉っぱのあいだへ身をかくした。猫《ねこ》のしっぽをまるめて耳をそばだてながら、ポケットへつっこんだものをとりだした。

それは、金の時計だった。手にずしりと重い、大きな懐中時計《かいちゅうどけい》だ。だがふつうの時計でないことは、あきらかだった。というのも、この時計には、時間を刻《きざ》む細い針《はり》が十二本もあったからだ。矢じるしのかたちをした太く短いもの、とちゅうにリングのついたもの、蛇《へび》のようにくねったもの、光の加減《かげん》で見えたり見えなかったりするほど細いもの——さまざまな意匠《いしょう》の針《はり》が、文字盤《もじばん》の上を複雑《ふくざつ》な順序《じゅんじょ》でめぐっているのだ。

タタンはこの時計を、雨をしのぐのに使っていた鐘《かね》つき台で拾った。だれかが上から投げたとしか思えないぶつかり方で、古びた鐘《かね》にぶつかって、タタンのそばへ落ちてきた。家も家族も持たないタタンには、落ちてきたものを自分のものにするのは、ごくあたりまえだった。とくに不思議《ふしぎ》とも思わず、それをポケットに入れた。まともに読めもしない時計だけれど、傷《きず》ひとつなく、使われている金属《きんぞく》もガラスも上等なので、それなりの値段《ねだん》で売れると思った。……問題は、人間と猫《ねこ》の血があわさったタタンから、気味悪がらずにものを買う人間がいるかどうか、だったが。

（まあ、べつに、捨《す》ててしまってもいいんだけどな）

お金になるかもわからない時計もどきよりも、食べたり着たりできるもののほうが、タタンにはずっと値打《ねう》ちがある。あの女の子たちに食べ物をくれてやったことを、後悔《こうかい》していた。とりもどしたいものがこの時計もどきならば、こっちをわたしてしまえばよかったのに。……ただ、だれかの言いなりになることが、タタンはいやだったのだ。

いつまでも追いまわすつもりなら、暗くなるまで相手をしてやろう。こっちは、夜でも目がきくのだから。

小さく鼻を鳴らして、時計をポケットへしまったときだ。

バキッと音を立てて、タタンの乗っている枝《えだ》がへし折れた。木の葉を散《ち》らして現れたのは、あの暗い色の毛並みのヤギで、宙《ちゅう》を駆《か》けあがるいきおいのままに、ひづめで枝《えだ》を蹴《け》り折ったのだった。

足場をこわされ、タタンは空中でバランスをとると、よろけることなく着地した。猫《ねこ》の血をこめられた体には、わけもないことだ。上からバサバサと降《ふ》ってくる葉っぱを浴《あ》びながら、ヤギから逃《に》げるため走った。重く鋭《するど》いひづめの音が追ってくる。

ひげがなにかを感じとり、タタンはちらりとふりかえった。女の子を二人と赤んぼうを一人、ヤギは乗せていたはずだった。が、いまその背中《せなか》には、だれもいない。ふりむくタタンの視界《しかい》の先で、やにわに、ヤギが方向を転じた。とつぜん、ほかのものに注意をむけたようすで、駆《か》け去ってゆく。

「………」

追ってもむだだと、ようやくあきらめたのだろうか？　ヤギがもどってこないのをたしかめようと、タタンは耳をすまし、その場に立ち止まった。だが、耳がとらえたのはヤギの足音ではなく、

――チリン、

頭上で鳴る、澄《す》んだ鈴《すず》の音だった。

はっと上をむいたときには、もうおそかった。黒い三つ編《あ》みを二本の尾《お》のようになびかせて、あの女の子が木の上から飛びかかってきた。地面に落ちるいきおいのまま、タタンを上から押《お》さえこむ。

「つかまえたあ！」

タタンの上へ馬乗りになって、女の子がかちどきをあげる。

「おりろ、こいつ……重いんだよ！」

あばれようとするタタンに、女の子はますます体重をかけ、しっぽを両手で引っつかんだ。

「うるさいよ！　おとなしくしないと、しっ

ぽをまる結びにしちゃうから」

赤い服を着たもう一人の女の子が、べつの木の陰《かげ》から現れた。その手にかかえている赤んぼうの、ひたいの金の飾《かざ》りが、そのときまばゆくかがやいた。小さな体のりんかくがとろけ、赤んぼうのすがたは消えて、タタンの目の前には、背《せ》の高い大人が立っていた。

「さあ、わたしの牢獄《ろうごく》の鍵《かぎ》を、かえしてもらおう」

長いハシバミ色の髪《かみ》、たまご色の衣《ころも》をまとった人物は、堂々《どうどう》たるしぐさでタタンの顔の前へひざをつく。その目と視線《しせん》があった瞬間《しゅんかん》、タタンの全身の毛が逆立《さかだ》った。なにかとてつもないものがそこにいる、という、えたいの知れない恐怖《きょうふ》が、しっぽの先まで駆《か》けぬけていった。

「抵抗《ていこう》しないほうが、身のためだぞ」

あのヤギまでもどってきて、頑丈《がんじょう》そうなひづめを見せつけた。歯噛《はが》みをしていたタタンは、やがて目をふせ、横をむいて舌打《したう》ちをした。

「……わかったよ。わかったから、いいかげん、どけよ」

そう言うと、黒い三つ編《あ》みの女の子の手から、しっぽを引っぱってとりもどした。

◆

「これが、シュユ・シンの鍵《かぎ》？」

「そう。牢《ろう》の扉《とびら》を開けて、わたしを帰れなくしてしまった鍵《かぎ》だ」

鍵《かぎ》──大きな金の懐中時計《かいちゅう》が、シュユ・シンのてのひらの上にあった。文字盤《もじばん》の上を、さまざまなかたちをした十二本の針《はり》がめぐっていて、その読み方はノラには見当もつかなかった。

時計を見つめるシュユ・シンは、顔にしわが刻《きざ》まれはじめた大人になっていて、眉《まゆ》のかたちはいよいよ凛々《りり》しく、その目の色は深くなっていた。

「きみが盗《ぬす》んだって、なんの役にも立たなかったろうに」

シュユ・シンの視線《しせん》の先には、あぐらをかいて腕《うで》を組み、むっつりとそっぽをむいたあの猫《ねこ》の男の子が座《すわ》っている。逃《に》げださないよう、ソンガの前足の一本が、灰《はい》色《いろ》のしっぽを押《お》さえつけていた。

「ああ、そんながらくた拾って、大損《おおぞん》だったぜ」

ぶぜんと吐《は》き捨《す》てる男の子に、シュユ・シンがほのかに笑った。それは、想像《そうぞう》もつかないほど遠くから旅してきた者だけが浮《う》かべることのできる、謎《なぞ》めいた、おおらかな笑《え》みだった。

「だけど、きみが盗《ぬす》んでくれていなければ、ノラたちに会うこともできなかった」

シュユ・シンの手の上で、十二本の針《はり》がノラにはわからない時間の流れを、よどみなく刻《きざ》みつづける。と、シュユ・シンのりんかくがまた揺《ゆ》らいで、背《せ》の高かった体は縮《ちぢ》み、ノラよりも幼《おさな》い子どものすがたになった。

「ほんとうは、もっとノラたちといたかったよ。いっしょに旅をしてみたかった」

幼《おさな》いシュユ・シンは、かわいらしい声で、ノラとリンゴを見あげた。

「シュユ・シン……行っちゃうの？」

ノラがたずねると、シュユ・シンはこくりとうなずいた。チョコレート色の頬《ほお》は、ふっくらと笑《え》みを浮《う》かべている。これで、おわかれなのだ。それがわかって、ノラの胸《むね》に、さびしさとおそれが入り混《ま》じったような気持ちがあふれた。

シュユ・シンのりんかくがほどけ、すらりと背《せ》の高い、若《わか》やいだすがたになる。

「ね、ねえ。いっしょに行こうよ。シュユ・シン、牢屋《ろうや》になんか、もどらずに」

ノラがうったえると、シュユ・シンはおだやかに首をふった。

「言ったろう。わたしは、自分のしたことの重大さを、これでもわかっているつもりなんだ」

落ちつきはらったその声が、逆《ぎゃく》にノラの心をあせらせた。ノラの太い三つ編《あ》みが、うしろへなびく。いつのまにか林の木立のなかを、強い風が駆《か》けめぐっていた。

「じ、神炉《じんろ》のおかげで、人間は豊かになったんでしょ？　強く、賢《かしこ》くなったんだよね。じゃあ――じゃあ、人間の医者があたしの心臓《しんぞう》をなおせたのも、神炉《じんろ》のおかげなんだ。魔女《まじょ》には、なおせなかったのに。あたしがいま、生きてるのは、シュユ・シンのおかげだってことでしょう?」

必死で言葉をたぐりながら、ノラは、となりにいるリンゴをずっと気にしていた。リンゴは神炉《じんろ》のいけにえになりかけ、ノラは神炉《じんろ》の力を使った人間たちによって、命をたすけられた。……なにが正しいことで、なにがまちがっているのか、ノラには区別をつけることができなかった。

風が強くなる。木の葉が舞《ま》い、シュユ・シンの時計の針《はり》たちが、めまぐるしく回転し、複雑《ふくざつ》な時間のめぐりを刻《きざ》んだ。

シュユ・シンがやがて、小さく首をかたむけた。

「ありがとう。でも、やっぱりいっしょに行くことはできない。わたしも自分の方法で、探《さが》しつづける。ノラ、きみが〈黄金《おうごん》の心臓《しんぞう》〉を探《さが》すのと同じに。わたしにはおこないの報《むく》いとして、でたらめではあるが、それでも無限《むげん》の時間があたえられている。その時間を使って、探《さが》しつづける……もう一度、人と魔女《まじょ》がいっしょに暮《く》らし、世界があるべきかたちをとりもどす道を」

シュユ・シンは時計を目の高さにかかげ、うたうようにつづけた。

「あらゆるできごとを、神々の、人々の、魔女《まじょ》たちの、そのすべてのおこないと願いを見つづけ、そうして世界をなおくする方法を、きっと見つける」

時計の針《はり》は、もう目にもとまらぬはやさでまわり、そうしてシュユ・シンは青年から子どもへ、もうすこし育った子どもへ、年とったすがたへ、赤んぼうへ、もっと小さな赤んぼうへ、また子どもへと、変身をつづけた。時計が光り、シュユ・シンのひたいの飾《かざ》りがかがやいた。

まぶしさと巻《ま》き起こる強い風に、ノラは目を開けていることができなかった。ソンガのひげも、ソンガにしっぽをふまれている男の子の猫《ねこ》の耳も、風にあおられて揺《ゆ》れた。

「さあ、わたしの棲《す》み家《か》がむかえに来た」

かちり。時計の針《はり》たちが、いっせいに同じ時刻《じこく》をさして、止まった。

突風《とっぷう》が空へのぼり、その場にいる者たちは、とっさに上をあおいだ。

木々の枝《えだ》がふちどる空に現れたのは、いくつもの木でできた羽――プロペラが回転する、とてつもなく巨大《きょだい》な砂時計《すなどけい》だった。中央がくびれたガラスのなかを、午後の日の光をこまかに反射《はんしゃ》させて、時をはかる砂《すな》が流れている。

砂《すな》時計の大きさのために、ガラスのなかには、まるごとの砂漠《さばく》が封《ふう》じこめられているように見えた。過去から未来へ、未来から過去へと、はてしなく流れつづける時の砂漠《さばく》だ。あれが、シュユ・シンの時の牢《ろう》。

シュユ・シンは、一人っきりであの砂漠《さばく》に閉《と》じこめられるのだ。永遠《えいえん》の時間を、だれにも会うことなく。

「シュユ・シン、待って……！」

身を乗りだしかけたノラの口を、ノラと同じ年ごろになったシュユ・シンの人さし指が押《お》さえた。

「たいせつなことを、言い忘《わす》れていた。ノラ、地上には、かつては人がいたのに、いまはべつの生き物たちの住まいになっている土地もある。――そういう場所に、きみの探《さが》し物はあるのかもしれない」

「えっ？」

「人からべつの生き物たちへと、あけわたされた土地だよ。見つかることを祈《いの》っている。きみの探《さが》し物を守る古い力はとても複雑《ふくざつ》で、探求者《たんきゅうしゃ》を惑《まど》わすだろうけれど」

目をみはるノラに、シュユ・シンは心をこめて、うなずいてみせた。そのひたいの金の飾《かざ》りが、ひときわ強くかがやいた。シュユ・シンのりんかくが、風に舞《ま》う砂《すな》のように空へ吸《す》いあげられてゆく。上空に浮《う》かぶ時の牢《ろう》へと、帰ってゆく。

「シュユ・シン、きっと、いつかまたね――！」

首が痛《いた》くなるほど上をむいてノラがさけんだとき、時の牢《ろう》のガラスの内側に、小さくシュユ・シンのすがたが見えた。たいへん遠いのに、それでもノラには、はっきりとわかった。

それは、ノラが魔法《まほう》をかけてしまった、トカゲの尾《お》を生やした老人のすがただった。トカゲの尾《お》をなめらかにくねらせ、シュユ・シンは、こくりとうなずいた。たしかに、そう見えたのだった。

何十ものプロペラが回転し、風に乗って、時の牢《ろう》は消えてしまった。

6　新しい目的地

林のなかへヒオが駆《か》けつけたときには、猫《ねこ》のような男の子は、いなくなっていた。ソンガのひづめの下からするりとしっぽを引きぬくと、走り去ってしまったのだ。

「おーい、大丈夫《だいじょうぶ》か？　さっき空がものすごく光ったけど、なにがあったんだ？」

ヒオが、まだ空のほうへ顔をむけているノラに、心配そうに声をかけた。

「ああ……うん。どろぼうがいて、つかまえたんだけど……」

「逃《に》げちまったぞ」

ソンガが言った。

「いやな感じだな。ああいうやつは、いつまでも盗《ぬす》みをやめられないぜ」

リンゴが、拾ってきたソーセージをヒオにさしだした。

「これ、かえしてくれたよ。だけど、いっぱい土がついちゃった」

目をぱちくりさせていたヒオは、やがて、晴れ晴れと笑った。

「土くらい、洗《あら》っちゃえば平気さ。それ、買って帰ろう。魔女《まじょ》さまのくれた鞍《くら》、すごく高く売れたよ。栄養《えいよう》のつく食べ物も、薬も、うんと買えるようになった！」

はつらつとしたヒオの声に、ノラはやっと、空から地上へ視線《しせん》をもどした。耳のなかには、まだ、風の音と時計の針《はり》の音、それにシュユ・シンの声が残っていた。

「それから、それから——これな、おれからノラの友達に、あげるよ」

ヒオが、うしろへかくしていたものを持ちあげた。それは、なめし革《がわ》でできたやわらかそうな靴《くつ》で、黄色い蝋引《ろうび》きの糸で、花のもようの刺繍《ししゅう》がほどこしてある。

「リンゴの靴《くつ》？」

ノラがのけぞると、三つ編《あ》みが肩《かた》の上で小さくはねた。ずっとはだしだったリンゴは、ぱっと顔をかがやかせて新品の靴《くつ》をうけとると、さっそく足を入れてみた。ヒオのくれた靴《くつ》は、あつらえたみたいに、リンゴの足にぴったりだった。

「わあ、すごい！　靴《くつ》ってこんなにやわらかいのね。ヒオありがとう！」

リンゴはうれしそうに、その場でくるくるとはねまわってみせた。靴《くつ》の上で、銀色の足環《あしわ》が光りながらはずんだ。

ノラは胸《むね》に湧《わ》いてくる気持ちを噛《か》みしめるためにくちびるを引き結び、ヒオにむきなおった。

「ねえ、ヒオ。あたし、一人前の魔女《まじょ》になったら、またこの村へ来るよ。そうしたら、魔法《まほう》で、きっとおじいさんの病気をなおす。赤ちゃんのとき、人間があたしの心臓《しんぞう》をなおしてくれたから、その恩《おん》がえしを、きっとする」

ヒオは、しばらくきょとんとしていたが、やがてくしゃっと顔をゆがめて笑い、お礼を言った。その目が泣いているように思えたけれど、すぐにきびすをかえして歩きだしてしまったので、たしかめることはできなかった。

ノラたちはその晩《ばん》、ヒオたちといっしょに食事をし、翌日《よくじつ》に出発すると伝えた。

「昔は人間がいたけれど、いまはほかの生き物の土地になってるようなところ――

そういう場所に、探《さが》してるものがあるかもしれないんだ」

同じテーブルについているおじいさんを気にしながら、ノラはヒオにむかって言った。

「昔は人間がいて、いまはいない場所……？　う一ん、その反対のほうが多い気がするけどなあ」

あつあつに焼いたソーセージを、ふかしたイモといっしょに口へつめこみながら、ヒオが首をひねった。

「……魚の森だ」

ぼそりと、おじいさんが声を発したので、ノラはびくっと肩《かた》をすくめ、リンゴを自分の体でかくそうとした。おじいさんが、またどなりはじめると思ったのだ。

おじいさんは、不機嫌《ふきげん》さと厳《きび》しさによって刻《きざ》まれたしわをゆがめ、眉《まゆ》の下の目を光らせて、スープを口に運んでいたスプーンをおろした。

「人間のものでなくなった土地で、ここからいちばん近いのは、魚の森だ。ヒオ、地図を持ってこい」

「う、うん」

ヒオは口のなかの食べ物を無理やりに飲みこむと、あわてて椅子《いす》を引いた。立ちあがると台所の古い戸棚《とだな》の扉《とびら》を開けて、ひと巻《ま》きの地図をとりだしてきた。おじいさんはそれをうけとり、ノラとリンゴのほうへひろげてみせる。

「このはしっこにのっているのが、いまいるここ、この村だ」

おじいさんはふしくれだった指の先で、地図のかたすみをつついた。

「街道沿《かいどうぞ》いにずっと行くと、道がふたつにわかれる。この村のそばを通っている新しい街道《かいどう》と、もう使われていない古い道だ。こっちの古い道のほとりに、湖のなかのはなれ小島がある。昔はにぎやかな祭りの島とも呼《よ》ばれてたそうだが、いまではだれも近づかんと、通いの医者から聞いたことがあった。こっちの古い街道《かいどう》も、物騒《ぶっそう》になったというんで、もう通る者もない。……わしとばあさんが、住む土地を求めてこの村へ来るときに使った地図だ」

すり切れた地図をふたたびまるめると、おじいさんはそれを、ノラにむかってさしだした。

「え、えっと……」

また怒《おこ》られるものと思っていたノラは、さしだされた地図をどうしたらよいのかわからなかった。おじいさんがぎろりとこちらをにらむので、ますます体をこわばらせた。

「持っていけ。役に立つかは知らんがな。――ヒオ、かんちがいをするんじゃない。おまえのばあさんはな、なにも、追いだした魔女《まじょ》に自分の息子夫婦《むすこふうふ》を生きかえらせてもらおうとしたわけじゃない。ばあさんはな、あんまりに嘆《なげ》いて、さびしかったんだ。それを、友人に聞いてほしかったんだよ。わしでは、ろくな話し相手にならなかったんでな――だがもちろん、あの魔女《まじょ》は、もどってはこなかった。さびしいしわくちゃばあさんの愚痴《ぐち》くらい、聞きに来てくれてもよかったと思うがな」

そうしめくくって、おじいさんは胸《むね》を上下させ、深い息をついた。

「わしは魔女《まじょ》がきらいだが、孫《まご》によくしてくれたことには、感謝《かんしゃ》せにゃならん」

ノラが地図をうけとると、おじいさんはぷいと顔をそむけて、自分の食事にもどった。

「ノラ、よかったね」

リンゴがノラの肩《かた》に手を乗せた。

「あ……ありがとう」

ノラはうつむいてお礼を言ったけれど、その声は小さすぎて、スープをすするおじいさんには、聞こえなかったかもしれない。


朝になると、ノラたちは出発した。もちろん、もらった地図に描《か》いてある、魚の森という場所をめざしてみるつもりだった。

ソンガの背《せ》に乗って空へ駆《か》けあがったノラとリンゴに、ヒオは家の前から、いつまでも大きく手をふっていた。

「ヒオもおじいさんも、やさしかったね」

うしろに乗ったリンゴが、うれしそうに靴《くつ》をはいた足を揺《ゆ》する。ソンガが、やれやれと鼻を鳴らした。

「リンゴ、ちょっとばかり親切にされたからって、だまされるんじゃないぞ」

「どうして？」

リンゴは目をぱちくりさせた。気持ちのいい風が吹《ふ》いて、ハチミツ色の髪《かみ》をなでてゆく。ソンガはこたえずに、逃《に》げていこうとする小鳥に息を吹《ふ》きかけて、からかった。

「あたし、ヒオとの約束《やくそく》を守るんだ」

ノラはつぶやいて、顔をしっかりと前へむけた。

「いつかヒオのおばあさんみたいに、魔女《まじょ》と仲よくしてくれる人間がいっぱいになるかもしれない。そうすれば――シュユ・シンも、胸《むね》を張《は》って牢屋《ろうや》から出てこられるはずだよ」

空は高らかに青く晴れ、やわらかそうな雲が幾《いく》すじか伸《の》びている。巨大《きょだい》な砂《すな》時計のかたちをした時の牢《ろう》は、どこにも見えなかった。けれどもノラは、シュユ・シンの気配《けはい》を体じゅうに感じた。

どの時間のなかにも、あの不思議《ふしぎ》な笑《え》みを浮《う》かべたシュユ・シンがいるのだ。そう思い、ノラは古ぼけた地図をけっしてなくさないよう、だいじににぎりしめた。

第3章

1　悪い夢《ゆめ》と、もっと悪いできごと

まだ夜の明けない、しんとこごえたような時間だった。

もうだれも通ることのなくなった、荒《あ》れはてた道のかたわらに、小さな建物があった。だれもいない、くずれかけのその建物で、ノラとリンゴはひと晩《ばん》の宿を借《か》りていた。なかはホコリだらけで、すきま風が吹《ふ》きこむが、野ざらしよりはいくらかましだと思ったのだった。

ノラは、とてもいい夢《ゆめ》を見ていた。ぼろぼろのベッドの上は寒いのに、体のなかがぽかぽかとあたたかい。それもそのはずで、ノラの胸《むね》には、かがやかしい〈黄金《おうごん》の心臓《しんぞう》〉がおさまっているのだった。もとの、一度止まりかけた心臓《しんぞう》とちがって、〈黄金《おうごん》の心臓《しんぞう》〉はノラの体のすみずみまで力強く血をめぐらせ、新鮮《しんせん》な魔法《まほう》をみなぎらせた。

『姉さんたち、ただいま！』

ノラは、かくれみのの厚《あつ》い雲をぬけ、空の上の棲《す》み家《か》へもどっていた。はやく自分がちゃんとした魔女《まじょ》になったことを、姉さんたちに証明《しょうめい》したくてたまらなかった。

『ただいま、ねえ聞いて。あたし、やったんだ。姉さんたちと同じように、魔法《まほう》が使えるようになったよ』

廊下《ろうか》を走るノラの足どりにあわせて、足首の鈴《すず》がチリンチリンとさわいだ。

『もう、この鈴《すず》も、なくていいんだよ。どれだけびっくりしたって、あたし、もう、うっかり魔法《まほう》をかけたりしないんだ！』

太い三つ編《あ》みをはずませて、ノラは棲《す》み家《か》のなかを走りまわった。中央の塔《とう》の大広間、東の塔《とう》の温室、南の塔《とう》の泉《いずみ》の部屋、天文台《てんもんだい》、図書室、ヤギたちの厩舎《きゅうしゃ》――どこにも、姉さんたちのすがたはなかった。ヤギたちも、ほかの家族の者たちも、だれもいない。

ノラは立ち止まり、ふりかえった。長い廊下《ろうか》のはては暗がりに飲まれてなにも見えず、かすかな物音すらしない。

ソンガも、リンゴもいなかった。

『ねえ、だれか、だれか……』

だれかに、知ってほしかった。ノラが、とうとうまともな魔女《まじょ》になったことを。落ちこぼれではなくなったことを。

チリン。

ノラは、大きな姿見《すがたみ》のわきを通った。——と、鏡《かがみ》のなかに、ノラよりも大きな影《かげ》が映《うつ》っていた。

『姉さん？』

ノラが鏡《かがみ》に顔をむけると、まっすぐな長い髪《かみ》に、すらりと背《せ》の高いすがたが映《うつ》っていた。いちばん上の姉さん、ズーだった。鏡《かがみ》のなかのズーは、涼《すず》しげな目で、ひたとノラをにらんでいた。

『よくそんなに、はしゃげるものね。あなたは、わたしたち家族の恥《はじ》なのに』

ズーの口が動き、ノラはあわててふりむいたが、うしろにはだれもいない。ズーは、鏡《かがみ》のなかにしかいず、たしかに鏡《かがみ》の前に立っているはずのノラのすがたは、まったく映《うつ》っていないのだった。

ノラはおそろしくなって、姿見《すがたみ》の前から逃《に》げた。はやく、ほんものの姉さんたちを見つけなくてはと思った。

ドアの開いた部屋のなかに、鏡台《きょうだい》があった。ノラが通りすぎようとすると、鏡《かがみ》のなかに影《かげ》が動いた。短い髪《かみ》の、それは二番めの姉さんだった。

『鈴《すず》をとっちゃうわけがないでしょ！　あんたなんか、なにをしたって、まともな魔女《まじょ》になれっこないんだから。調子に乗るんじゃないよ！』

鏡《かがみ》のなかで顔をゆがめて、ラウラが怒《おこ》っている。

ノラは、また逃《に》げた。混乱《こんらん》しながらだれかの寝室《しんしつ》へ逃《に》げこむと、衣装《いしょう》ダンスの扉《とびら》を開け、なかへすべりこんで閉《と》じこもった。つりさげられたマントやガウンがひしめいて、ノラの息を止めそうになる。それでも、ここにかくれていなくては。きっと、まちがってちがう場所へ来てしまったんだ。鏡《かがみ》に映《うつ》ったあれは、ほんとうの姉さんたちじゃない。いたずらなおばけかなにかなんだ――

ふるえながら身を縮《ちぢ》めるノラの目の前に、ふうっと顔が浮《う》かびあがった。すっかり忘《わす》れていた。衣装《いしょう》ダンスの扉《とびら》の内側にも、四角い鏡《かがみ》がはめこまれているのだ。ふたつに結《ゆ》わえた金の髪《かみ》の、三番めの姉さん、ココの青白い顔が、タンスのなかにうずくまるノラを見つめていた。痩《や》せた頬《ほお》が怒《いか》りに引きつり、ココは憎《にく》しみのこもった低い声で、こう言った。

『二度と帰ってこないでよ……あんたのせいで、お母さんは死んだんだから』

耳をふさいでも、その声ははっきりと聞こえ、ノラの頭のなかを引っかきまわした。聞きたくない、その言葉だけは、ぜったいに聞きたくないのに。衣装《いしょう》ダンスのなかの毛皮のマントや長い上着が、ノラの口をふさぎ、鼻に入りこみ、いくら吸《す》っても息ができなかった。もがいてももがいても、丈《たけ》の長い衣服はノラのほうへ押《お》しよせ、ノラは衣装《いしょう》ダンスの壁《かべ》から背中《せなか》をはがすことすらできない。

そのときだしぬけに、衣装《いしょう》ダンスの底がぬけた。部屋の床《ゆか》もくずれて、つめたい空気がノラを吸《す》いこんだ。

棲《す》み家《か》の床《ゆか》に穴《あな》が開き、ノラは夜空へほうりだされた。

夢《ゆめ》のなかで、ノラはまっさかさまに、上空の棲《す》み家《か》から落ちて――

かたいベッドの上へ、ドスンと着地した。

夢《ゆめ》と現実《げんじつ》のさかいめを見うしなって、ノラはホコリまみれのベッドへ、大あわてで体を起こした。……ようやっと自分のいる場所がベッドではなく、床《ゆか》の上で、空の棲《す》み家《か》からではなく、そまつなベッドから転《ころ》がり落ちたのだとわかった。

ホコリにむせて、ノラはたてつづけにせきをした。カビと、腐《くさ》りかけの木材と、そのほかなにやらえたいの知れないいろんなにおいがして、ここでひと晩《ばん》をすごそうと決めたのを、みじめな気持ちで後悔《こうかい》した。

「ノラ、大丈夫《だいじょうぶ》?」

二段《だん》ベッドの上から、リンゴが呼《よ》びかけた。ノラがベッドから落ちた音で、起こしてしまったみたいだ。

「ごめんごめん、リンゴ。寝《ね》ぼけちゃって……」

床《ゆか》にぶつけた頭を押《お》さえながら、顔をあげたノラは、そのままかたまってしまった。

リンゴは、ベッドの上段《じょうだん》からではなく、見知らぬ大男にかかえられて、ノラのほうへ顔をむけているのだった。

「キャーッ!」

ノラはけたたましい悲鳴《ひめい》をあげた。

太い腕《うで》、ごわごわのひげ、腰《こし》や背中《せなか》に武器《ぶき》を持った、どう見ても盗賊《とうぞく》らしい男たちが、ノラとリンゴの寝《ね》ていた部屋へ入りこんでいる。一人はリンゴをつかまえ、一人はノラのカバンをあさり、もう一人はノラに、大きなナイフをつきつけていた。

「リ、リ、リンゴ!」

リンゴをたすけようと身を乗りだすと、ますますナイフが近づけられる。切っ先がいまにも、ノラの鼻の頭にとどきそうだった。……ところが、

「な、なんだ？」

「うわあっ！」

重そうなナイフの柄《え》をにぎる手が、みるみる小さく縮《ちぢ》んでゆく。三人の盗賊《とうぞく》たちの悲鳴《ひめい》が、かん高く、キイキイと響《ひび》いた。前歯がとがり、耳は頭の上へ移動《いどう》してゆく。おしりから、にょろりと尾《お》が生えて床《ゆか》を打つ。ノラの目の前で、盗賊《とうぞく》たちの体は、人間からネズミへと変身をとげる最中《さいちゅう》だった。

とり落とされたカバンをつかみ、すとんと床《ゆか》へおり立ったリンゴの手をとると、ノラはネズミになってゆく盗賊《とうぞく》たちに、歯をむいてみせた。

「あたしをびっくりさせるから、そんなことになるんだ！　ざまあみろ、どろぼうの、人さらいの、悪党《あくとう》め！」

泥《どろ》色の毛皮が皮膚《ひふ》をおおってゆき、細いひげが鼻のまわりでさわさわとうごめい

た。ところがおぞましい変身は、思いがけないところで止まってしまった。盗賊《とうぞく》たちは小さくならずに、人間と同じ大きさのネズミのすがたになると、怒《いか》りに目を燃《も》え立たせてノラたちを追いかけはじめたのだ。

「キャーッ!」

ノラはふたたび悲鳴《ひめい》をあげると、一目散《いちもくさん》に部屋を飛びだした。リンゴは、不思議《ふしぎ》そうにネズミたちをふりかえりながら、なんとかそれについてきた。

「ソンガ! ソンガ、たいへん!」

ノラとリンゴは廊下《ろうか》をぬけ、きっとこの街道《かいどう》が生きていたころには旅人を休ませるはたごやだった建物から出ると、外にくずれ残っている厩《うまや》へと駆《か》けこんだ。

「だから、こんなとこで寝《ね》るのはやめとけと言ったろう?」

厩《うまや》のなかのソンガが、ため息といっしょにノラたちをむかえた。

「ソンガ、逃《に》げなきゃ! あいつら、追いかけてくるよ!」

ノラは大いそぎで、ソンガの背中《せなか》にまたがろうとした。けれど、ソンガはいらだたしげにひづめをふみ鳴らす。

「ノラ、ソンガは動けないよ」

リンゴが、ソンガのしっぽ側へまわって言った。

「えっ？」

ソンガが、うんざりしたようすで首をふるった。

「ごろつきどもに、縄《なわ》をかけられたんだ」

見ればソンガのうしろ足に荒縄《あらなわ》が食いこみ、反対のはしが厩《うまや》の柱にきつく結びつけられている。

「どうしよう。待ってて、ソンガ、いまほどくから……」

ノラはソンガの足をしめあげている縄《なわ》の結び目をほどこうとしたが、手がふるえて、ちっともうまくいかなかった。そうするうちにも、三匹《びき》のネズミのキイキイとさけぶ声が、外からせまってくる。

「貸《か》して、ノラ」

リンゴが、まるで不器用《ぶきよう》な作り手の花輪《はなわ》をかわりに編《あ》んであげるような手つきで、縄《なわ》の結び目と格闘《かくとう》するノラの手をどかせた。すると三つ数えるほどの時間で、リンゴはきつい結び目をほどいてしまい、ソンガの足をなでた。

「やれやれ。さあ、逃《に》げるぞ」

ノラとリンゴを背中《せなか》に乗せ、ソンガは外へおどりでた。いまにも厩《うまや》へなだれこもうとしていた盗賊《とうぞく》ネズミたちが、いっせいにさけびながらつめをふりまわす。ソンガは二本足で立つ大きなネズミたちの鼻先すれすれをかすめ、真夜中の空へ駆《か》けのぼっていった。

かん高いさけび声が、あっというまにうしろへ遠のいてゆく。

「ああ、びっくりした……なんであいつら、あたしたちのこと襲《おそ》ったの？　お金なんか持ってないって、見ればわかるはずなのに」

「こっちの古い道は、太陽のもとを堂々《どうどう》と歩けない連中のぬけ道になっているんだろうさ。だれからだって、ものを巻《ま》きあげるんだ。あの猫《ねこ》みたいなソーセージどろぼうも、ひょっとして、この近くにいたりしてな」

ソンガはじゅうぶん高くのぼると、月を右側に見ながら移動《いどう》をはじめた。空からこぼれ落ちてきそうな、みごとな満月だったけれど、きれぎれの黒い雲がちらばって流れてゆくせいで、夜空は明るくなったり暗くなったりをくりかえした。

「リンゴ、けがしてない？」

ノラがふりむくと、リンゴはにこりと頬笑《ほおえ》んだ。

「平気だよ。ノラこそ、ベッドから落っこちて、けがしなかった？」

「大丈夫《だいじょうぶ》だけど……」

ノラは自分のひたいをこすった。落っこちる前、なにか夢《ゆめ》を見ていた気がするのに、もう記憶《きおく》の裏側《うらがわ》へかくれてしまって、思いだせない。

「いっそのこと、このまま魚の森へ行ってしまうか。どうせ人間じゃない連中が住んでいるんだ、夜中にたずねていったからって、かまいやしないだろう」

あのはたごやへ着くまで、ソンガの足でたった一日だった。ヒオのおじいさんがくれた地図によると、魚の森という場所まで行くのが夜になる計算で、ノラたちは一旦休憩《いったんきゅうけい》することにしたのだ。それがまちがいだったわけだけれど……

ソンガは速度をゆるめずに、空を走りつづけた。大きなコウモリのように黒い雲がいきおいよく飛んでゆき、上空ではかなり風が強い。

「盗賊《とうぞく》たち、ネズミにしちゃったけど、どうしよう……あたし、もとにもどせないよ」

ノラがつぶやくと、ソンガがさもばかにしたようすで、鼻を鳴らした。

「知ったことか。どうせ、ろくでもないことをして暮《く》らしてきた連中だろ。これにこりて、すこしは自分たちの悪事を反省《はんせい》するんじゃないか」

手おくれだけどな、とソンガは、意地悪くつけたした。リンゴが、ノラの背中《せなか》へ頭をこすりつける。真夜中に盗賊《とうぞく》たちにたたき起こされて、まだ眠《ねむ》いようだった。

風はつめたく、高いところを進むノラの鼻は、空気にほんのかすかな雪の気配《けはい》をかぎとった。

2　渡《わた》し守《もり》

「あった。あれだよ」

ノラは眼下《がんか》にぽっかりと木々のとぎれた場所を見つけ、地図と見くらべた。不自然なくらいにきれいな円形の湖で、その中央に小さな島が顔をのぞかせている。ヒオのおじいさんの言ったとおりだった。

島はすっかり木々におおわれていて、ちょうどその中央に、まるい屋根らしきものがぽつりと顔をつきだしていた。大きな建物がたっているようだ。

ソンガはむきを変え、湖へむかってなめらかに高度をさげてゆこうとした。このまま空中をおりてゆけば、魚の森と呼《よ》ばれる島に到着《とうちゃく》だ。

しかし、ソンガはめずらしくあわてたようすで、ツノをふり立てて急停止《きゅうていし》した。背中《せなか》に乗っているノラとリンゴはたまげて、とっさにソンガの首にしがみついた。

「ど、どうしたの、ソンガ？」

ノラにこたえずに、ソンガは一度きびすをかえして、湖の上からはなれた。

「だめだな、近づけない」

ソンガがうなった。ノラとリンゴは、そろって目をしばたたく。

「見えない壁《かべ》があるらしい。あそこにいま住んでいるものたちが、空からは入れないようにしていやがる」

ノラは体を起こして、ソンガの手綱《たづな》をにぎりなおし、しばらくだまってくちびるを噛《か》んだ。北の塔《とう》の書庫《しょこ》で読んだたくさんの本のなかから、この状況《じょうきょう》に似《に》た内容《ないよう》がなかったか、思いだそうとした。やがてノラは、まだ自信のないまま、湖のなかの島を見おろして口をきった。

「……街道《かいどう》へおりよう。道からなら、入り口が見つかるはずだよ」

そこでソンガは下降し、何本かの伸《の》びすぎた木の枝《えだ》をぱきぱきと折りながら、とちゅうまでたどってきた古い道へおりていった。枝《えだ》で眠《ねむ》っていた鳥が、悲鳴《ひめい》をあげてはばたいた。
道はすさみきっていて、自分が人を行き来させるためにあるのだということを、刻一刻《こくいっこく》と忘《わす》れてゆくのが手にとるようにわかった。枯《か》れかけた木が枝《えだ》を垂《た》れ、倒木《とうぼく》が行く手をふさいだ。草がからみあいながら伸《の》び、暗さのせいもあって、どこが道なのかわからなくなる瞬間《しゅんかん》も、一度や二度ではなかった。

ノラはアザミ色の妖精《ようせい》の火の玉を、先頭に飛ばした。この火の明かりがあれば、こういう荒《あ》れた森にひそむ鬼火《おにび》や妖精《ようせい》は、同族だと思って近よってこない。

「橋はかかってなかったし、なにかとくべつな手順をふまなきゃ入れなくしてあるんだよ、きっと……」

あたりがあまりに暗いので、つられてノラの声も小さくなった。

「なにかをあげるの？」

リンゴがきいた。

「うーん、そうかもしれない。それですむんだといいけど。いったい、あの小さな島に住んでるっていう生き物たちは、どういう連中なんだろう？」

「会ってみればわかるさ。こういう暗いところで、あれこれ想像《そうぞう》するのはよしておけ。たいてい、よくないことを考えすぎて、いざってときにしくじるんだからな」

ソンガは足音を立てないように、木立のむこうに見えかくれする湖と、その上に顔を出す小島へ近づける場所を探《さが》した。ここからだと、木々におおわれた島が、ほのかに光っていることがわかる。何種類《なんしゅるい》ものくだものの汁《しる》のゼリーを砕《くだ》いて、色とりどりに光を透《す》かしているような、あやしくひそやかな光が、ゆっくりと木《こ》の間《ま》に明滅《めいめつ》している。……だれであるにせよ、だれかがいるのにはまちがいなかった。

やがて、道のわきに生いしげる木立のとぎれた場所へやってきた。ここも草が伸《の》びほうだいになり、細い木が押《お》しのけあうように育って通り道をふさぎかけているが、それでもまだ湖のほとりへ進みでることができた。

黒々と底の知れない水のむこうに、ほのかな光をいだいた島が浮《う》かんでいる。人間が住んでいたころには、にぎやかな祭りの島と呼《よ》ばれていたと、おじいさんは言っていた。まるでその祭りの明かりだけが生き残って、ひそかな森の奥《おく》にともっているかのようだった。

ノラとリンゴは、ソンガの背《せ》からおりた。ひやりとした空気が、水の上から這《は》いあがってくる。

アザミ色の妖精《ようせい》の火の玉が、ちらちらとまたたいた。リンゴがはっとして、わずかに身を乗りだす。

「見て！　だれか来るよ」

リンゴの指さす先、暗い水のおもてを、一艘《そう》の小さなボートがこちらへむかってくる。一本の長い櫂《かい》を手にした人影《ひとかげ》が、その上に立っていた。フードをかぶり、すっかり顔をかくした人物は、一度もこちらを見るため顔をあげることなく、ボートをあやつり、ぴたりとノラたちのいる岸の手前で止まった。まるで鏡《かがみ》の上を羽毛がすべってくるかのように、音も立てず、波紋《はもん》も残さない、奇妙《きみょう》な光景だった。

ノラの心臓《しんぞう》が、胸《むね》のなかですくみあがった。フードをかぶったこの人は、幽霊《ゆうれい》かもしれない。時間がこおりついたような、長い沈黙《ちんもく》があった。

ここへ来たのは、まちがいだったのだろうか……ノラがそう感じはじめたとき、ボートの上の人が、ごくわずかに頭を動かした。

「……乗りなさい」

フードのかげから、そのひとことだけが発せられた。

ソンガが、どうするつもりかたしかめるため、ノラへ視線《しせん》をよこす。

ノラは迷《まよ》ったが、ヒオとの約束《やくそく》を思いだして、うなずいた。

「森へ、つれてってくれるの？」

たずねるノラに、ボートの上の人は、だまってうなずく。

「あたし、〈黄金《おうごん》の心臓《しんぞう》〉っていうのを探《さが》してるんだ。魚の森に、それを知ってる人はいる？」

ボートの上の人は、今度はなんの反応もしめさなかった。

「――行こう」

ノラは、リンゴとソンガにむかって言った。ノラが持っている手がかりは、とてもすくない。とにかく可能性《かのうせい》のありそうなところへ、行ってみるしかない。……それに、またあの盗賊《とうぞく》たちみたいな、こわい人間にでくわすのはもういやだった。このボートを漕《こ》いできた人が幽霊《ゆうれい》であるにしろ、むこうの島にいるのが人間でないものたちであるにしろ、とにかくどちらも、魔女《まじょ》であるノラに近い存在《そんざい》だ。

ノラ、ソンガ、リンゴが乗っても、ボートはまったく揺《ゆ》れなかった。ノラたちはちっぽけなボートの底に座《すわ》り、櫂《かい》をあやつる人物を見あげた。なめらかにボートのむきを変える人物の顔は、フードのかげにかくれて、下から見あげてもその顔立ちすらわからなかった。

渡《わた》し守《もり》、というのだ——ノラは、動きだしたボートの上でそう思いだした。こんなふうに、岸から岸へボートに人や荷物を乗せて行き来する者を、渡《わた》し守《もり》と呼《よ》ぶのだ。北の塔《とう》の書庫《しょこ》で読んだ本のなかに、そう書かれていた。ひいひいおばあさんの化身《けしん》の蛾《が》に見守られて、ノラはあそこでずいぶんいろんな知識《ちしき》をたくわえた。……けれど、安全な塔《とう》のてっぺんで学んだことが、この先いったいどれだけ、ノラの味方をしてくれるだろうか？　地面の上は、ノラが想像《そうぞう》していたよりもずっと、わかりづらい場所だ。

そうして、このボートが自分たちを運んでゆく先は、地面に暮《く》らす人間たちにすら、よく知られていない場所なのだ。

ゆっくりと、けれどたしかに進んでゆくボートの上で、ノラは行く手に目をこらし、一心に耳をすました。

3　追う者

これからどこへむかおうかと、あてもなく移動《いどう》しながら、タタンは考えた。人のいないところを選びながら、ゆっくりとしか進むことができなかった。盗《ぬす》んだソーセージを食べそこね、そのうえさんざん逃《に》げまわって力を使ったので、体が干《ひ》からびそうだ。はやく食べるものにありつきたいが、いま人間に見つかると簡単《かんたん》につかまってしまいそうだった。そこで、だれも通らない古い街道《かいどう》を、夜のあいだだけ歩いていた。

（つかまったら、あそこにつれもどされるんだ）

月が黒い雲にかくれたり、また光をこぼしたりしている。

仲間《なかま》たちはこの月を見ているだろうかと、タタンは道のわきに立ち止まった。仲《なか》間《ま》といっても、同じ場所で生まれたというだけで、まともに口をきいたこともないのだったが。

薄暗《うすぐら》い施設《しせつ》で、タタンは生まれた。同じようにそこで生まれた仲間が、知っているかぎりでは十三人いた。

……十三匹《びき》、だろうか。タタンたちは、人間と猫《ねこ》の血をかけあわせて作られた、新種《しんしゅ》の生き物だと、そこで働《はたら》く大人たちから聞かされた。近くにある大きな町が神炉《じんろ》にふみつぶされて人が住めなくなってしまい、その入りくんだ荒《あ》れ地でも生活できる子どもたちを作るために、研究施設《しせつ》が建ったのだと。

けれど、そこで生まれたタタンたちの毎日は、実験のくりかえしだった。何日も食事をあたえられなかったかと思えば、毒《どく》になるものを無理やり食べさせられた。暑さ、寒さ、痛《いた》みに、どこまで耐《た》えられるかをためされた。それもこれも、神炉《じんろ》がだめにしてしまった土地で生きぬく力があるかどうかを知るためだと言われたが、生きるためではなく、どうやったら死ぬのかを探《さぐ》るための実験としか思えなかった。

人間の部分が多い者、猫《ねこ》の特徴《とくちょう》が強く出た者。いろんなかっこうに生まれた仲間たちのうち、何人かはほんとうに死んでしまった。

つめたい金属《きんぞく》の檻《おり》のなかで、タタンもほかの子どもも、つぎは自分が死ぬ番だと感じとっていた。だから、逃《に》げだしたのだ。追われながらばらばらに逃《に》げて、みんな一人ぼっちになった。逃《に》げきれずにつかまった者を、タタンはたすけにもどらなかった。もどれば、自分もたすからないのはわかりきっていたからだ。

外の世界に、自分と同じかたちをした生き物は、一匹《ぴき》もいなかった。獣《けもの》も、人も、タタンを見れば化《ば》け物だと思って、攻撃《こうげき》してきた。人からかくれ、ものをかすめとって、一日また一日と、生きてゆくことしかできなかった。

安心できる場所など、この世のどこにもない。死ぬまでこうして、こっそりと息をひそめていなくてはならないのだろう……。

タタンは、ぶるっと頭をふるった。腹《はら》ペコのせいで、いやなことばかり考えてしまう。それもこれも、あいつらのせいだ。あのヤギと、黒い三つ編《あ》みの女の子と、おかしな時計の持ち主と。もしもまた会うようなことがあったら、あのへんてこな連中に、ひとあわ吹《ふ》かせてやろう。

一人でそんなことを考えながら、暗い草かげに鋭《するど》く視線《しせん》を走らせた。一匹《ぴき》でもネズミがいたら、つかまえて空腹《くうふく》を満たせるのだが……。

そのとき、タタンのひげが、ざわっとそよいだ。おいしいものの気配《けはい》が、道の先からタタンの感覚を導《みちび》いた。その気配《けはい》のほうへ行ってみると、くずれかけの建物がある。かつてはこの道を通る旅人を泊《と》まらせていたはたごやだろう。そのぼろぼろの建物から、タタンの猫《ねこ》の鼻をくすぐるいいにおいがただよってくる。

身を低くして建物へ近づき、タタンはしっぽの毛を逆立《さかだ》たせた。厩《うまや》の外に、三匹《びき》のネズミがいる。ただのネズミでないのは、一目瞭然《いちもくりょうぜん》だった。三匹《びき》とも、人間の大人と変わらないほど大きく、二本のうしろ足で立っている。服を着、そして人の言葉でしゃべっていた。

「……どうなってしまったんだ、おい！　なにが起きたってんだ！」

「呪《のろ》われたんだよ、きっと。あれは、人間の子どもじゃなかったんだ……魔女《まじょ》だよ」

「ばか言え、魔女《まじょ》なんか、もう地面の上には一人だっていないはずだぞ」

タタンの耳が、ぴくっと動いた。

（魔女《まじょ》……？）

「だけど、魔女《まじょ》でもなきゃ、どうしてこんなことができるもんか」

「とにかく、もとにもどらんことには、生きていけんぞ。なんとかして、もとのすがたにもどらんと……」

どのネズミも、うろたえきっているようすだ。

なかの一匹《ぴき》が、はっとして顔をはねあげた。

「ここいらの地図を、荷物のなかに入れていたぞ。しるしがつけてあった。やつら、きっと、あの森へ行くはずだ。追ってつかまえて、おれたちをもとにもどさせるんだ」

「だ、だ、だけどよ、あの森へなんか、入ったら……」

一匹《ぴき》のネズミががたがたふるえだすと、まんなかの、いちばん体格《たいかく》のいいネズミがどなりつけた。

「だまってろ！　このすがたのまんま一生すごすのと、どっちがましだ？　おれが行くと言ったら、行くんだ。ついてこないなら、おまえたち、毛皮と肉に切りわけて、売り飛ばしちまうぞ」

「わ、わ、わかった。わかったよ……」

あとの二匹《ひき》は体をすくめて、ふるえながらうなずいた。

「走れ！　あのヤギめ、空を飛びやがった。もう森へ着いているかもしれん」

ネズミたちは身をかがめると、四つ足を地面につけて走りだした。が、その走り方はぎこちなく、どたどたとうるさかった。四本足で走ることに慣《な》れていないのか、それとも、なみはずれた大きさのせいで、うるさく感じるだけだろうか？

とにかくタタンは、空腹《くうふく》のことをいっぺんに忘《わす》れていた。

空飛ぶヤギ。そんな生き物を、タタンはこの世に一頭しか知らない。

あいつらだ。どうやらあのネズミたちも、あの一行にうらみをいだいているらしいが、そんなことはどうでもよかった。

（ふうん、あいつら、まだこんなとこにいたのか）

あの女の子は、魔女《まじょ》だったのか。どうやら魔法《まほう》で、盗賊《とうぞく》たちをネズミに変えてしまったらしい。ネズミたちのしかえしを、見守ってやってもいいと思った。それに、あいつらは食べ物も持っているにちがいない。自分のされたことを考えると、あの魔女《まじょ》たちが持っているものを少々いただいても、たいして悪いことにはあたるまいと、タタンは勝手に決めた。

おなかの底では、なにかえたいの知れないべつの気持ちが熱を持ちはじめていたのだが、とりあえずいまは関係のないそれを、タタンは無視《むし》した。

足音を立てず、完全に自分の気配《けはい》を消して、タタンは大きなネズミたちのあとを追った。

◆

ボートはひとすじの波も起こさず、湖の中央に浮《う》かぶ島の岸へ近づいた。湖をわたるあいだじゅう、渡《わた》し守《もり》は、ひとことも口をきかなかった。

行く手の島もしんと静まりかえり、ノラは自分たちが、不思議《ふしぎ》な絵のなかへ入りこんでしまったような気がした。

ボートが完全に止まるのを待って、ノラは立ちあがった。足首の鈴《すず》が立ててしまう音が、あたりに満ちる静寂《せいじゃく》にひびを入れてしまうのではないかと、不安になった。渡《わた》し守《もり》はあいかわらず、櫂《かい》をにぎって深くうつむき、だまりこくっている。ノラは覚悟《かくご》を決めて、ボートから岸へおり立った。つづいてソンガが、最後にリンゴがボートからおりると、くるりとふりかえって渡《わた》し守《もり》を見あげた。

「乗せてくれて、ありがとう」

耳がおかしくなりそうな静けさにもおかまいなく、リンゴは渡《わた》し守《もり》にむかって声を張りあげた。ノラはとっさにリンゴの手を引っぱり、はらはらしながらようすをうかがったが、渡《わた》し守《もり》は同じ姿勢《しせい》のまま、櫂《かい》をあやつってまた湖の上へボートをすべりださせた。

アザミ色の妖精《ようせい》の火の玉が、ノラたちのほんの数歩先を照《て》らす。

「ノラ、リンゴ、背中《せなか》に乗っておけ」

ソンガが声を低めて言った。静けさのためばかりではなく、ボートからおりたとたん、なまぐさいにおいが、空気にうっすら混《ま》じっているのが感じられたせいだ。かすかだが、立ち入る者をこばむような、いやなにおいがあたりにしみついている。暗さと静けさと、つめたい空気が、ノラの体をすくませた。

森は完全な静けさにつつまれ、葉っぱの一枚《まい》すらそよがない。ここに、生き物がいるようには感じられなかった。野生の生き物も、妖精《ようせい》のたぐいも。

「……とにかく、島のまんなかあたりへむかってみよう」

ノラは、ソンガにささやきかけた。空の上から見えた、あの建物にならだれかが――あるいはなにかが、いるかもしれない。

木々はまるで、奇妙《きみょう》にまがりくねった柱や梁《はり》だった。大昔につくられ、忘《わす》れられた神殿《しんでん》かなにかが、無言でこちらを見おろしているかのようだ。木々のあいだへふみこんでゆくと、ソンガの足音は思いがけず高く響《ひび》く。根っこや枯《か》れ葉におおわれた地面は、石畳《いしだたみ》で舗装《ほそう》されているのだった。どれだけ慎重《しんちょう》に歩いても、ヤギのひづめは石畳《いしだたみ》とぶつかって、コツコツと音を立てた。

ヒオのおじいさんがあの村へ移り住んだというのは、何年ほど前のことなのだろう？　人が住んでいたというそのころには、この島は、人の手が行きとどいた小さな町だったのだ。植物たちがはびこる石畳《いしだたみ》には網《あみ》の目になったみぞが刻《きざ》まれている。水路だ。けれど、そこを流れるはずの水はなく、水路はどれもからっぽだった。

木《こ》の間《ま》の暗闇《くらやみ》の奥《おく》で、ぶどう酒やエメラルド、深い野イチゴの色をしたあやしい光が、呼吸《こきゅう》するように明滅《めいめつ》をくりかえしている。だれかがともしている明かりにはちがいない……そのはずだった。

(魚の森っていうからには、どこかに魚がいるはずだけど……)

石づくりの水路は、どれも生きた水をめぐらせていない。ほんとうならば豊《ゆた》かな水が流れ、そこに魚もいただろう。が、この不思議《ふしぎ》な森には、ひそやかな光のほかに、動くものがない。

ひょっとして、人間のあとにここへ住みついたという生き物たちも、もういないのだろうか？　しかしそれなら、あの渡《わた》し守《もり》はなぜ、仕事をつづけているのだろう？

「だれもいないぜ。あの渡《わた》し守《もり》に聞いたほうが、はやかったかもしれないな」

周囲《しゅうい》にたえず注意をむけながら、ソンガがとうとうつぶやいた。

「どうする？　引きかえすか」

「……でも、せっかくやってきたんだよ。島のまんなかまでは――」

ノラは、その先を言うことができなかった。森の空気がどっとざわめく。それは、ノラたちのかたわらの溝《みぞ》へいきおいこんで走ってくる、水の音だった。さっきまで干《ひ》からびていた水路はすさまじいはやさで水に満たされ、その水が大きく立ちあがって、こちらへむかってきた。

ノラは、びっくりすることすらできなかった。あまりにもそれはとつぜんで、水の描《えが》く線はあまりにも美しかった。なめらかで猛々《たけだけ》しいその線が、ノラのうしろへ伸《の》びてくると、あっというまにまた引いた。

同時に、ノラの肩《かた》につかまっていたリンゴの手が、ふっと消えた。

「リンゴ！」

ノラがさけび、ソンガがはねるようにふりむいた。おどろきに目をみはり、リンゴは宙《ちゅう》に浮《う》いていた。いや、宙《ちゅう》にではない。リンゴの体は、水のなかだった。うねりあがった水が、リンゴを飲みこんでいる。

なにが起きたのかわからないまま、ノラは無我夢中《むがむちゅう》でリンゴの足をつかもうと手を伸《の》ばしたが、とどかなかった。リンゴを飲みこんだまま、水が水路へ引きかえそうとする。

「待って、リンゴ！」

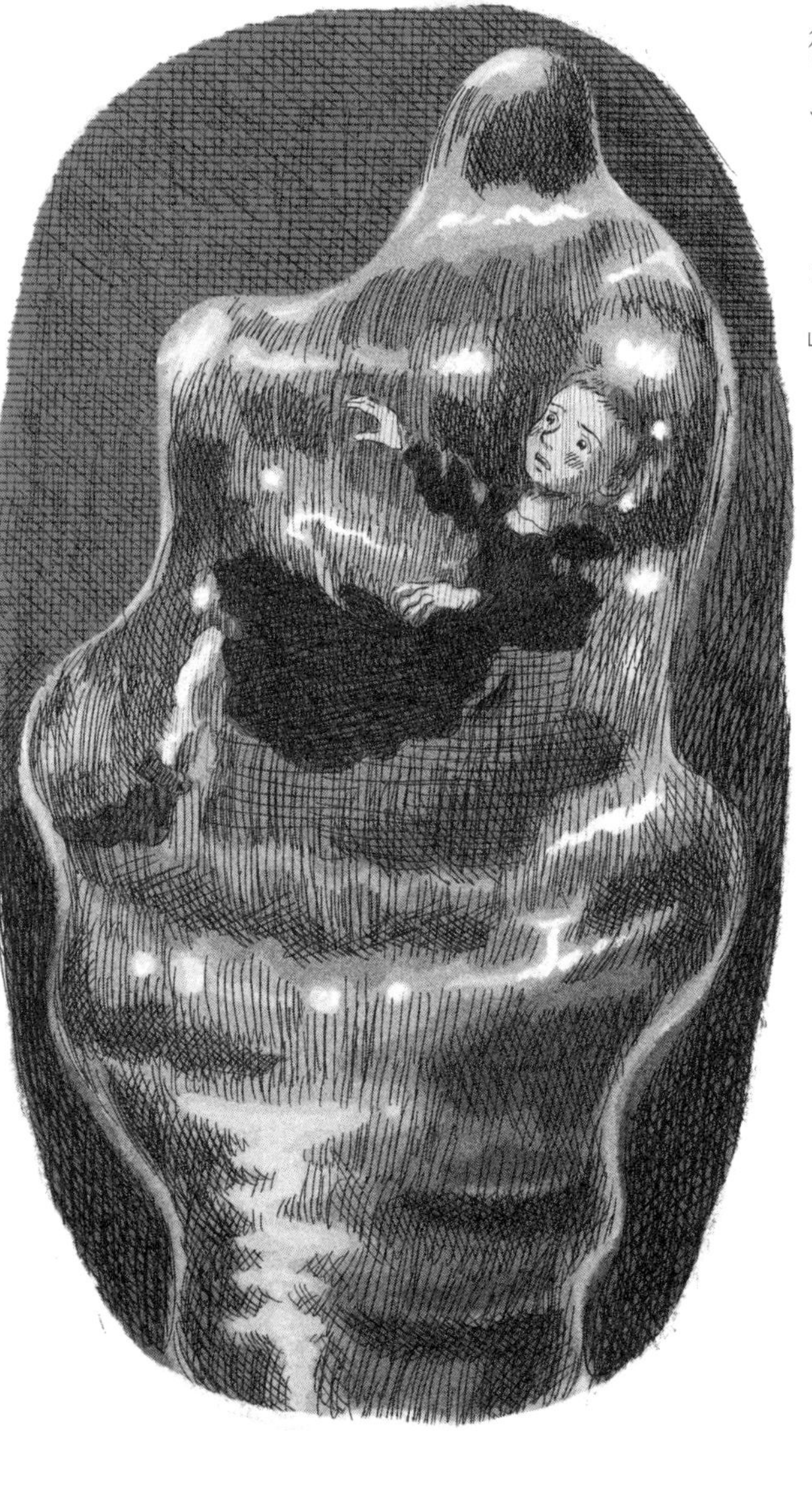

とっさにソンガから飛びおりて追いかけようとしたノラは、鋭《するど》いさむけに全身をつらぬかれ、動けなくなった。水によって持ちあげられた、リンゴのうしろ――暗がりのなかに、大きなひとつっきりの目が開いている。揺《ゆ》らめくむらさき色をしたまなざしが、ノラとソンガを空気のなかへ縫《ぬ》いとめてしまった。見えない力がノラたちの体をこおりつかせ、声も息も、身動きも封《ふう》じた。もちろん、まばたきも。

だからノラは、まるい目をぱっちりと開いたままのリンゴが、水路へ引きずりこまれるのを見ていた。リンゴをさらった水は、ヘビが獲物《えもの》をつれてゆくように、水路のかたむきにさからって、流れてきたときと同じはやさで引いていった。

暗闇《くらやみ》のなかからノラたちをとらえる大きな目が、一度だけまばたきをした。

その瞬間《しゅんかん》、ノラは、自分の目玉が消えてしまったのかと思った。あんなにさまざまな色の光があやしくほのめいていた森が、まっ暗闇《くらやみ》に閉《と》ざされた。……けれども数秒かけて、ノラの目は、黒と灰色《はいいろ》ばかりになった景色をとらえはじめた。

消えてしまった。あの大きな目も、リンゴも、水路の水も木《こ》の間《ま》の光も。

三つ編《あ》みのあいだへかくれてしまっていた妖精《ようせい》の火の玉を呼《よ》びだし、ノラは、リンゴをつれさった水路へ走った。ふちへ身をふせ、からっぽの水路へ飛びこんだ。

「リンゴ、どこ？　リンゴ！」

アザミ色のちっぽけな火の玉を飛びまわらせて照《て》らしても、リンゴのすがたは見あたらない。あのいきおいづいた水がまぼろしだったかのように、水路の石はかわききっている。

ひそやかに息をしていた森は、いまや死にたえたように暗さだけをいだきこみ、あらゆる色をうしなっている。あのなまぐさいにおいが、強くなった。

「どうしよう……」

水のない水路の底へ、ノラはへたりこんだ。顔から血の気が引き、心臓《しんぞう》が胸《むね》の底へしずみこみそうだ。ソンガが背後《はいご》へおりてきて、ツノのつけ根で肩《かた》をこづいたが、ノラはぼうぜんと、リンゴが消えたあとの暗い水路を見ていることしかできなかった。

4　ホゥカ

水のなかは、たいへん明るかった。

あまりにとつぜんのことだったので、リンゴは体も頭も麻痺《まひ》したようになって、手足をぼんやりと水に浮《う》かせていた。自分をどこかへつれてゆこうとする水に、ただ身をまかせた。

もし、暴《あば》れたとしたってノラたちのところへもどれはしないだろうし、リンゴはだれかにつかまったとき、けっしてさからったりしないように育てられていた。どれほどおそろしい目にあったとしても、暴《あば》れたり逃《に》げたりしてはいけない。そうでないと、神炉《じんろ》のいけにえになれないから。

水のなかでは、かすかな音楽が聞こえた。どこから響《ひび》いてくるのだろう？　歌声のようでもあり、楽器の音のようでもあった。おだやかな音色だが、何度もふるえながら消え入ってしまう、まるで亡霊《ぼうれい》のような音楽だった。

かすかな音色が響《ひび》く水中を、リンゴは自分の意思《いし》とは関係なしに、進んでゆく。ときおり水のなかに、きらきらと光る魚の影《かげ》がちらついた。が、そのすがたは透《す》きとおっていて、どうやらほんものの魚ではないらしかった。光る鱗《うろこ》と、はごろものように長いヒレをひらめかせて、まぼろしの魚たちがリンゴの前方を泳いでゆく。

「きれい」

リンゴは思わずつぶやいた。水のなかで自分が口をきいたことを、不思議《ふしぎ》とは思わなかった。あたりまえに、息ができているということも。――というのも、神炉《じんろ》に食べさせるため育てられたリンゴは、人間や地面の上の生き物が、水のなかでは息ができず、やがておぼれてしまうのだということを知らなかったからだ。

うしろをふりかえってみたが、ノラたちのすがたはない。水のなかと行く手だけが明るく、背後《はいご》にはただ暗さがうずくまっているだけだった。

ひょっとしたら、これっきり、ノラやソンガとおわかれになってしまうのだろうか？　……そう思ったとき、はじめて胸《むね》の奥《おく》から、ひび割《わ》れのような不安が生まれてきた。

が、そのひび割《わ》れがひろがりきる前に、リンゴは自分が大きな気配《けはい》に近づいてゆくのを感じ、また前をむいた。体じゅうの力を奪《うば》う、神炉《じんろ》のような気配《けはい》ではない。もっとおおらかで、そしてひんやりとした気配《けはい》だった。

枯《か》れ草や、かわいた泥《どろ》のこびりついていた水路の壁《かべ》は、いまやふかふかと豊かな苔《こけ》におおわれ、白や透明《とうめい》の小さな花が咲《さ》いている。リンゴの体が進むにつれて、ガラス細工《ざいく》のような水中の花はふえてゆき、そうしてふいにリンゴは、水のなかから空気のなかへ押《お》しあげられた。

「よく来ました、人の子よ」

深く響《ひび》く声が、リンゴに呼《よ》びかけた。

◆

盗賊《とうぞく》ネズミたちは、湖のほとりで立ち止まり、ふたたび二本足で立つと、ひんやりとした水面へむかってひげをそよがせた。頭目《とうもく》と見える体の大きな一匹《ぴき》以外は、あきらかにおびえて、しっぽをロープのようにまるめこんでいる。

タタンは気づかれない距離《きょり》をとって、藪陰《やぶかげ》からネズミたちのようすを見張《みは》った。

「……ほ、ほんとうに行くのか？　あそこへ……」

いちばん体の小さな、痩《や》せたネズミが身をすくめた。顔に大きな傷《きず》のある一匹《ぴき》だ。

「あたりまえだろう！　あいつらをとっちめて、もとのすがたにもどる。まさか、おまえ、こわいのか？」

頭目《とうもく》ネズミがにらみつけると、痩《や》せたネズミはますます体を縮《ちぢ》めた。湖のむこうの、木々におおわれた島は、まっ暗だった。月はいま、すっかり雲にかくれて、水の上にぽつりと浮《う》かぶ島はひときわ黒々として見える。

「昔、あの島は、えらく羽振《はぶ》りがよかったってな」

静けさをふりはらうように、頭目《とうもく》ネズミが太い声を張りあげた。すると二番めに体の大きなネズミが、もみ手をしながらうなずいた。

「そうらしい。年から年じゅう、うたったりおどったり、有名な旅の芸人《げいにん》もかならず立ちよる祭りの島だったってなあ。それが、山をこえた村で神炉《じんろ》を飼《か》いはじめたんで、こっちの街道《かいどう》はだれも通らなくなっちまって、島の連中もみんな出ていったって話だ——歌も楽器も捨《す》てて、もっと稼《かせ》げる仕事を探《さが》してよ」

ネズミは笑いながらしゃべったが、ひどい早口のせいで、おじけづいているのが手にとるようにわかった。

「音楽だなんだと、食えもしないものでめしの種《たね》を手に入れていた、そのばちがあたったんだ」

頭目《とうもく》ネズミがあざ笑った。と、ふるえながらうつむいていた痩《や》せたネズミが、消え入りそうな声を発した。

「みんな、じゃない。島にいた者、みんなが、ここを捨《す》てたわけじゃ……」

頭目《とうもく》が、まるい耳をぴくぴくと片方《かたほう》ずつ動かした。

「んん？　なんだおまえ、このへんの生まれじゃないと言ってたじゃあないか」

「もしかすると、ここに、お気に入りの歌い手でもいたのか」

仲間たちに顔を寄せられ、痩《や》せたネズミはしっぽをぎゅっと縮《ちぢ》めた。

「ち、ちがう、そんなじゃない！」

痩《や》せたネズミは、とつぜんさけんだ。――が、その声におどろく鳥の一羽すらいない。自分の声の大きさに身をすくめて、痩《や》せたネズミはうなだれた。

「……あそこは、だめなんだ。行けばきっと、おそろしいことになる……」

「おい、どうしちまったんだ」

「森がこわくなったのか？　だが、このすがたのまま死ぬまですごすほうが、よっぽどこわい目にあうだろうぜ。——よし、不気味《ぶきみ》なうわさのあるあの森と、おれたちをこんな目にあわせた魔女《まじょ》っ子を、ひとつ、一度に成敗《せいばい》してやろうじゃねえか」

「どうやって？」

子分《こぶん》がたずねると、頭目《とうもく》ネズミは小さく、しかしぞっとするほど低い声で笑った。

「魔女《まじょ》をやっつける方法は火だと、昔から決まってるのさ」

それを聞いた瞬間《しゅんかん》、タタンの全身の毛が逆立《さかだ》った。しっぽの先まで、つめたいしびれが走る。苦《にが》い味が舌《した》の上いっぱいにひろがり、タタンは顔をしかめた。

と——波ひとつ立たない水のおもてを、一艘《そう》のボートがすべってきた。それが現れる前ぶれを、タタンはなにひとつ感じることができなかった。においもなく、水の揺《ゆ》れる音も、木材のきしむ音も、なにもなかった。

霧《きり》よりもおぼろなそのボートをあやっているのは、フードで顔をかくした一人の渡《わた》し守《もり》だった。ネズミたちは一匹《ぴき》ずつ、あやしいボートに乗りこんだ。顔に傷《きず》のある痩《や》せたネズミは、いつまでもふるえつづけながら、ボートのすみに体をまるめこんだ。

ネズミたちを乗せて、ボートはむきを変える。

あの渡《わた》し守《もり》は、生きた者ではない。タタンにそなわる猫《ねこ》の感覚が、そう知らせた。亡霊《ぼうれい》か、まぼろしか、森へ人をさそいこむための、見せかけの存在《そんざい》だ。

ボートがじゅうぶんにはなれると、タタンはかくれていた藪陰《やぶかげ》から歩みでて、ネズミたちがいたのと同じ岸辺に立った。

魔女《まじょ》たちがぎゃふんと言うところを見てやろうというたくらみは、もう消えうせていた。いまタタンが、猫《ねこ》の目をこらしてにらんでいるのは、あのネズミたちだ。

ネズミたちは、あの魔女《まじょ》を焼いてしまうつもりだ。施設《しせつ》を逃《に》げだして、人のものを盗《ぬす》んで食いつなぐ暮《く》らしをしてきたから、わかる。ああいう声でしゃべるとき、悪い大人はかならずそれを実行するものだ。

やがて、岸辺にいるタタンのもとへ、ネズミたちをむこう岸へ送りとどけたボートがもどってきた。渡《わた》し守《もり》を、タタンはこわいとは感じなかった。この渡《わた》し守《もり》のようなこの世のものでない存在《そんざい》は、猫《ねこ》には親切なのだ。タタンはすばやく、渡《わた》し守《もり》のあやつるボートへ飛びのった。

◆

高い円天井が、頭上にあった。

天井には星座の図が描《えが》かれており、どういったしくみなのか、それらが親しげに光っていた。中央にはガラスのはまったまるい窓《まど》が開き、そこから、まったく雲に邪魔《じゃま》をされていない月の光がこぼれこんでくる。まっすぐな柱がまるい天井をささえていて、柱どうしのすきまからは、伸《の》びほうだいに生いしげった木々と藪《やぶ》が見える。

リンゴはひろびろとした建物の、床《ゆか》の中央あたりにいるのだった。足は、浅い水につかっている。建物の床《ゆか》はなだらかな階段状《かいだんじょう》になっていて、上から下へと水が流れていた。が、その水はどんよりとにごっていて、流れにはまるでいきおいがなかった。たしかに自分に話しかけた声の主を探《さが》して、リンゴはきょろきょろと周囲《しゅうい》を見まわした。

と、だれかの気配《けはい》を感じてふりかえり、リンゴは目をみはった。

階段《かいだん》になった床《ゆか》のてっぺん——この建物のほんとうの中心に、人が立っている。天窓《てんまど》からさす月の光が、そのすがたを照《て》らしてりんかくをまろやかにとろかしていた。

長い銀の髪《かみ》を肩《かた》と背中《せなか》に垂《た》らした、それはリンゴよりいくらか背の高い、女の子だった。

月明かりにつつまれた女の子に吸《す》いよせられるように、リンゴは一歩、二歩と前へ出た。女の子は目をつむっている。両の手には、大きな卵のかたちの楽器をかかえていた。長いさおから、十本の弦《げん》が張《は》りわたされ、きらきらと光っている。この子が、リンゴを呼《よ》んだのだろうか？

「わたしはここです」

声がしたが、それは、楽器をかかえた女の子のものではなかった。リンゴがうしろをむくと、円天井をささえる柱の下、にごった水のなかから、一匹《ぴき》の大きな生き

物がすがたを現した。魚だろうか？　それとも、ヘビだろうか？　リンゴには、どちらなのかわからなかった。白くかがやく鱗《うろこ》におおわれ、あのまぼろしの魚たちと同じく、はごろもに似《に》たヒレを揺《ゆ》らめかせている。けれどもその体はたいへん長く、頭は柱のそばにあるのに、尾《お》は楽器を抱《だ》いた女の子を守るように床《ゆか》にとぐろを巻《ま》いていた。

人や獣《けもの》と同じにまぶたのある、深いむらさき色の瞳《ひとみ》を持つその生き物をなんと呼《よ》ぶのか、リンゴは知らなかった。

「あなたはだれ？　ねえ、ノラとソンガはどこ？　いっしょに森に来たの」

リンゴが言うと、生き物は白々と長いまつ毛をそなえた目で、リンゴをのぞきこんだ。うるんだむらさきのその瞳《ひとみ》だけで、リンゴの頭よりひとまわりも大きい。

「あの者たちには、ホゥカの相手はできません。人の子でない者は、帰らなくては」

大きな生き物の声は、まるで幾人《いくにん》もが同時に同じ言葉をしゃべっているかのように響《ひび》いた。高くも聞こえ、低くも聞こえ、とても深く遠いところから生まれてくる声だった。

リンゴは大きな生き物の、不思議《ふしぎ》な窓《まど》のような瞳《ひとみ》を見つめかえした。

「ノラが、魔女《まじょ》だから？　魔女《まじょ》は神炉《じんろ》を盗《ぬす》もうとするから？」

不思議《ふしぎ》なことに、ついさっきまで水のなかにいたはずのリンゴの髪《かみ》も体も、ちっともぬれていない。浅い水のなかに立っている両の足

だけが、ぬれていてつめたかった。

「だけどノラは、神炉《じんろ》を盗《ぬす》んだりしなかったよ」

リンゴが言うのを、生き物は頬笑《ほおえ》みの気配《けはい》を瞳《ひとみ》の奥《おく》にのぞかせて聞いていた。

「人間は火の神を飼《か》って、魔女《まじょ》を地上から追いはらいました。ここに住んでいた人間たちも、いまはもういません。……人間たちは、ここにホゥカを置いていったのです。だれかが、ホゥカをなぐさめなくては。この子と同じ人の子が、かわいそうなホゥカのそばにいてやらなくては」

真珠色《しんじゅいろ》の鱗《うろこ》を月明かりに光らせて、生き物はそう言った。

「おまえは、この〈ラ〉のそばで、ホゥカの遊び相手となるのです」

生き物の、とぐろを巻《ま》く尾《お》がするすると動く。……その中心に立ったまま、楽器をかかえた女の子は、目を開けず、なにもしゃべらなかった。

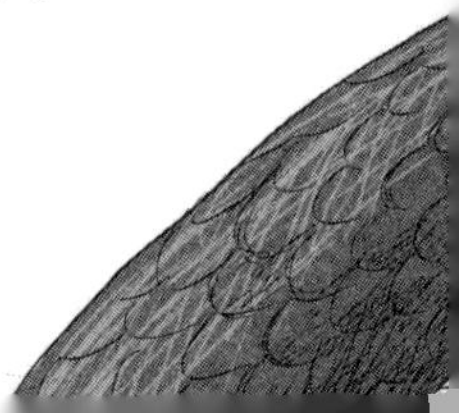

5　真夜中の火

「どうしよう、どうしよう、ソンガ！」

ノラは自分の声や足音が空気をかき乱《みだ》すのもかまわないで、水路のまわりを走りまわった。アザミ色の火の玉と、夜でも見える魔女《まじょ》の目があっても、ノラは何度も転び、枝《えだ》に髪《かみ》の毛や肌《はだ》を引っかけて、あっというまにあちこちに傷《きず》ができた。

「ちょっとは落ちつけ！　あのでかい目玉を見たろう。リンゴは、ここの連中にさらわれたんだ。まだ生きて、どこかにいるともさ」

ふたたびからっぽの水路へ飛びこもうとするノラの三つ編《あ》みをくわえて、ソンガがうしろへ引きもどした。

「まだ、ってなに。ソンガのばか！　はやく、いますぐなんとかしなきゃ。リンゴをたすけなきゃ……」

ふるえる声は、しまいに大きく揺《ゆ》れて、くずれてしまった。ぼろぼろと涙《なみだ》が落ちた。こんなときに泣いては、ますます状況《じょうきょう》を悪くするばかりだ。ノラは顔の涙《なみだ》をはらいのけようとしたが、手がふるえてまともにぬぐうこともできなかった。

せっかく、神炉《じんろ》に食べられかけたところをたすかったというのに。こんなことになるなんて、あんまりだ。

(ふつうの魔女《まじょ》なら、すぐに魔法《まほう》で、森を明るくできるのに。どこにいるのかすぐつきとめて、リンゴをつれもどせるのに。……ううん。リンゴがさらわれちゃう前に、たすけられたのに)

おびえてはねまわるばかりの自分の心臓《しんぞう》に腹《はら》が立って、ノラは息を止め、こぶしで力まかせに胸《むね》をたたいた。こんな心臓《しんぞう》、あってもなんの役にも立たない。

「よせ、ノラ。リンゴを探《さが》すんだ。ここにいるのは神炉《じんろ》じゃない。食べられたりはしていないさ」

ソンガはツノのまるいカーブでノラの背中《せなか》をつついた。

「島の中心に、建物が見えたよな？」

ソンガが問う。ノラは歯を食いしばって息をつめ、何度もうなずいた。

「リンゴがいるとしたら、そこじゃないか。行ってみよう。すくなくとも、あの目の持ち主のしっぽをつかめるかもしれない」

「だ、だけど……」

ノラの声は、かすれたあえぎ声にしかならなかった。

「だけど、もし、ちがってたら？」

ソンガは、いらだちをふみつぶすように、ひづめで石畳《いしだたみ》を鳴らした。

「ちがったら、島じゅう探《さが》せばいいさ！　こんな小さな島だ、あっというまにはしからはしまでまわれる」

もう声も出せず、ノラはソンガの背中《せなか》へよじのぼろうと手をかけた。息が整わず、ずり落ちかけて、鈴《すず》がチリンと鳴った。

「うるさいぞ、その音」

暗がりのなかから、声がした。ソンガとノラは、同時にふりむく。

「だれだ！」

ソンガがノラの前へ飛びでて、ツノをかまえた。声の主は、木の上にいた。妖精《ようせい》の火の玉に、ふたつの青い目が照《て》らされる。

ノラは、あっと声をあげた。顔の横へはみだしたひげと、三角にとがった耳。背《せ》中《なか》のうしろでは、しっぽがくねっている。

「あ、あんたは――」

指さすノラに、木の上の相手は、なまいきそうに顔をしかめた。

「こんなところで、もたもたしてるんじゃない。おま

えが魔法《まほう》をかけたネズミどもが、ここへ入りこんでるぞ。やつら、ここに火をつけるつもりだ」

「え？」

ノラは、ぽかんと目を見開いた。魔法《まほう》をかけたネズミ。あの三人の盗賊《とうぞく》たちだ。ノラたちを、追ってきたというのだろうか。けれども、どうしてこの森に、火をつける必要があるのだろう？

枝《えだ》の上から、猫《ねこ》の男の子が注意深く身を乗りだした。

「魔女《まじょ》は火あぶりにしてやるって、連中が言ってたぞ」

「ひ——火あぶり？」

ノラはただ、目をまるくするばかりだった。人間たちが、魔女《まじょ》を地上から追いはらったとき。火で魔女《まじょ》を追いたてたという話を聞いたことがある。……火あぶりだなんて、まるで処刑《しょけい》だ。

「なんだっておまえが、そんなことを教えるんだ？　うらみを晴らしに、あとをつけてきたのか？」

ソンガが、枝《えだ》の上からこちらを見ている男の子にむかって、ひづめを鳴らした。しかしむこうは、ぶぜんとしてひげをそよがせるばかりだった。

「警告《けいこく》しに来てやったんだよ。魔女《まじょ》だろうがなんだろうが、人に火をつけてやろうってやつは、好きじゃないんだ。せっかく親切に教えてやったんだから、さっさと逃《に》げろよ」

そう言って背《せ》をむけようとする男の子へ、ノラはあわてて呼《よ》びかけた。

「待って——お願い、待ってよ！」

必死な声に、男の子は耳をぴくぴくさせながらふりむいた。

「リンゴが、つれていかれちゃったんだ。この島の、どこかにいる。探《さが》さなくちゃ」

「リンゴ？」

「と、友達なんだ。赤い服を着た子。金色の髪《かみ》の……だれかが、あの子をつれていっちゃったんだ。あたし、す、すぐ近くにいたのに」

ひくっとしゃくりあげたのに、ちゃんと息を吸《す》うことができなかった。目がくらみかけて、ノラはきつくまぶたを閉《と》じ、ソンガの背中《せなか》にしがみついた。

「おい、おまえ、大丈夫《だいじょうぶ》か？」

言うと同時に、男の子は軽々と、木の枝《えだ》から飛びおりてきた。

「どこにつれていかれたっていうんだよ？　この島、だれもいないじゃないか」

ソンガが、ぶるんと鼻を鳴らした。

「いたんだよ、なにかが。おまえの言うことがほんとうなら、一秒でもはやくリンゴをつれもどして、ここから出なきゃならん」

ノラは無理やり息を吸《す》いこんで、顔をあげた。

「……ネズミたちは、どこにいるの？」

すると猫《ねこ》の男の子は、とまどいを噛《か》みつぶすようにひげをざわつかせた。

「足あとは、島のまんなかへむかっているようだった」

◆

女の子はリンゴが来ても、まったく反応しなかった。まぶたもまつ毛も動かさず、波打つ雪の色の髪《かみ》につつまれるようにして、同じところに立っていた。この子はきっと眠《ねむ》っているのだと、リンゴは思った。たいせつそうに楽器を抱《だ》いて、立ったまま眠《ねむ》っている。

リンゴはまた一歩近づいて、自分よりすこし背《せ》の高い女の子の顔を、しげしげと観察した。頬笑《ほおえ》んでいるようにも、泣いているようにも見えた。それとも、こまっているのかもしれない。

「その娘《むすめ》は、ホゥカ」

円天井のそばから、大きな生き物が言った。

「人間たちのなかで、ただ一人、ここへもどってきたのです。すこし前までは、わたしの眷属《けんぞく》の魚たちが、そばにいてホゥカをなぐさめました。けれど、島じゅうをめぐっていた水がへり、魚たちの住める場所は、この島にはなくなりました。かつてはこの〈ラ〉は守り神であり、人間たちはたえず歌と音楽をささげてくれたのに——もうここに、新しい音楽はない。水もうしなわれ、いまではわたしとホゥカしかいない。……人の子が、ホゥカをなぐさめなくては。わたしにはできないのです。おまえがなぐさめれば、ホゥカは安らげるかもしれない」

リンゴは、なにもこたえなかった。この生き物は、どこかぐあいが悪いのかもしれないと思った。ここへ着いたときからただよっている、あのなまぐさいにおいは、どうやらこの大きな生き物の体から発せられているみたいだ。真珠色《しんじゅいろ》の鱗《うろこ》は、よく見ればあちこちが黄ばみ、水と同じににごっていた。

リンゴは自分の足首の銀の環《わ》を、すこしだけ揺《ゆ》すった。生まれてからずっとはだしだった足は、いま、ヒオのくれたやわらかな靴《くつ》につつまれている。やわらかな革《かわ》でできた靴《くつ》は、水にぬれてふやけ、下手《へた》に動くとぬげてしまいそうだった。リンゴは、天井の窓《まど》を見あげた。ノラたちは、リンゴが急にいなくなったので、心配しているかもしれない。――そう思ったとたん、リンゴの体の中心に、鋭《するど》い痛《いた》みが走った。

たすけを求めるように、リンゴは女の子を見た。白くかがやく髪《かみ》に守られて、女の子はただ目を閉《と》じ、なにも言わない。

「……ノラとソンガがいないよ」

つぶやいたとたんに、目から涙《なみだ》がこぼれた。胸《むね》が苦しいことに、リンゴはひどくとまどった。足首の銀の環《わ》が、ひやりとつめたく、重くなったような気がする。

自分の身になにが起こっても、危険《きけん》だと感じてはならない。おそれたり、逃《に》げようとしてはならない。リンゴは、神炉《じんろ》のいけにえになるはずだったのだから。

けれど、ここにいるのは神炉《じんろ》ではない。大きな魚のような生き物と、目をつむったまま動かない女の子だ。女の子はリンゴのことを見ようともしないし、リンゴの名前を呼《よ》ぶこともない。

(だって、これは、ノラがつけてくれた名前だもの)

息が苦しくなって、リンゴは知らないうちに、その場にひざをついていた。

これまでけっして感じてはならないと教えこまれてきた、あせりと恐怖《きょうふ》が、体じゅうを駆《か》けめぐった。いますぐに、ノラたちのもとへもどりたい。この足環《あしわ》は、ノラが鎖《くさり》から切りはなしてくれたもので、この靴《くつ》は、ノラたちと旅をつづけられるようにともらったものだった。

リンゴは、自分がいたいと願う場所があることを、いまやっと知った。……けれども、もうおそすぎた。

リンゴのあげた泣き声は、星座《せいざ》の描《えが》かれた高い天井へ吸《す》いこまれ、ばらばらに空気のなかへ消えて、だれにもとどくことはなかった。

◆

ソンガは島の中心へむかって、風よりもはやく走った。おどろくべきことに、猫《ねこ》のような男の子は、ちっともおくれをとらずに、ソンガについてきた。

ノラは息《す》を吸《す》っては吐《は》き、いまにも胸《むね》のなかで引っくりかえりそうな心臓《しんぞう》を、なんとかなだめようとした。

進むにつれて、なまぐさいにおいが、だんだん濃《こ》くなってゆく。けれども、火のにおいはしなかった。盗賊《とうぞく》たちは、まだ火をはなっていないようだ。あるいは、この男の子が、ノラたちにうそを吹《ふ》きこんでいるのかもしれない――もしそうだったら、どんなにかいいだろう！

心臓《しんぞう》がおかしな暴《あば》れ方をしないよう、ノラはきつく胸《むね》を押《お》さえた。竜《りゅう》の鱗《うろこ》の袋《ふくろ》が、肌《はだ》に食いこむ。

(ひいひいおばあちゃん、あたしは、まちがえてここへ来ちゃったのかな？　ほんとうは、地面の上へなんて、来ちゃいけなかったのかな)

けれど、ノラがあのとき見つけなければ、リンゴはあのまま神炉《じんろ》に食べられてしまっていたのだ。ノラはくじけそうな心をなんとかたもつために、ヒオとの約束《やくそく》を呼《よ》び起こした。そうだ、きっと、なにもかもうまくできるようになる。リンゴをつれもどして、〈黄金《おうごん》の心臓《しんぞう》〉を見つけさえすれば……。

「あれだ」

ソンガが、声を低めてさけんだ。

まるい屋根をいただいた大きな建物が、木々のあいだからぬっと顔を出している。いやなにおいは、ますます強くなっていた。

「盗賊《とうぞく》たちは……まだ来てないのかな？」

ノラは、あたりを見まわした。ソンガの足で、追いこすことができたのかもしれない。

「じゃあな。あとはなんとか逃《に》げろよ」

それだけ言うと、猫《ねこ》の男の子はくるりと身をひるがえして、走り去ってしまった。うしろすがたは暗さに飲みこまれ、あっというまに見えなくなる。

「……どうせ行っちまうんなら、ここまでついてくることはなかったのに。おかしなやつだな」

つぶやくソンガの背中《せなか》から、ノラはもう一度建物を見あげた。神殿《しんでん》だろうか？あるいは、劇場《げきじょう》なのかもしれない。ここに人間たちが住んでいたころには、音楽が流れつづける祭りの島と呼《よ》ばれたらしいから。

「……行くぞ、ノラ」

ソンガが言い、ノラはこくりとうなずいた。うしろ足で思いきり空気を蹴《け》り、ソンガは一気に、古びた建物へ飛びこんだ。

◆

(こんなことをするつもりじゃ、なかったんだけどな)

魔女《まじょ》の子とヤギが、建物へ入ってゆくのを見とどけたあと。タタンは引きかえさずに、盗賊《とうぞく》ネズミたちがやってくるのを木の上で待った。ここは、ひどいにおいがする。よどんだ水のにおいに、鼻がおかしくなりそうだった。

息をひそめて待っていると、やがてタタンの耳が、ひそやかな足音と話し声をとらえた。三匹《びき》が、まっすぐこちらへやってくる。木《こ》の間《ま》に、ちらちらと火明かりが見えだしたとき、タタンの毛皮が大きくふくらんだ。

あまりに暗いので、ネズミたちは小さなたいまつをともしているのだった。そしてその火で、この森ごと、島ごと、あの魔女《まじょ》の子を燃《も》やすつもりだ。

たいまつをかかげているのは、思ったとおり、いちばん大きな頭目《とうもく》のネズミだった。これから手をつける残忍《ざんにん》な仕事に、目を異様《いよう》にぎらつかせている。あとの二匹《ひき》はそのうしろを、やたらにまわりをきょろきょろしながらついてくるのだった。

ネズミたちは、魔女《まじょ》の子が先まわりしたことに気づいていないようすだ。どこかの暗がりから魔女《まじょ》や凶暴《きょうぼう》なヤギが飛びだしてきはしないかと、周囲《しゅうい》をずっと警戒《けいかい》している。

タタンは枝《えだ》の上でひざを伸《の》ばし、盗賊《とうぞく》たちが真下を通るのを待ちかまえた。あと十歩……五歩……三歩……

指先のつめをむきだし、タタンはたいまつを持ったネズミの上へ飛びおりた。一瞬《いっしゅん》にして重々しい静けさは引き裂《さ》かれ、悲鳴《ひめい》とどなり声が空気いっぱいに炸裂《さくれつ》した。タタンは頭目《とうもく》ネズミの肩《かた》に足で組みかかると、頭といわず顔といわず、とがったつめで引っかきまわした。

「なんとかしろ！　なんとかしろ！」

仲間たちへどなりつけながら、頭目《とうもく》ネズミは狂《くる》ったようにもがいて暴《あば》れた。耳を引き裂《さ》き、ひげを引っこぬき、タタンは相手の方向感覚をめちゃくちゃにした。

「ば、化《ば》け物だ」

手下のネズミがかなきり声をあげ、腰《こし》の短刀をぬいて切りかかろうとした。タタンはしっぽを大きくふるって地面に飛びおりると、頭目《とうもく》ネズミのどてっ腹《ぱら》を蹴《け》りつけた。

悲鳴《ひめい》をあげて大きくよろけたものの、大きなネズミはしぶとくふみとどまった。

体が大きいぶん、ちょっとやそっとのことではきかないらしい。ずたずたになった顔を片手《かたて》で押《お》さえ、ぎろりと目を光らせて、頭目《とうもく》ネズミはタタンをにらみつけた。

「こ、こいつ、八つ裂《ざ》きにしてくれる！　化《ば》け物め、あの魔女《まじょ》の仲間か」

手ににぎったままのたいまつの火が、朱色《しゅいろ》の火の粉《こ》を散《ち》らした。

腹《はら》ペコでなければ、もっと手ばやくたおせたのにと、タタンは歯噛《はが》みした。

「その火を消してここを出ていくんなら、これでゆるしてやる。それがいやなら、三匹《びき》とも、おれの晩《ばん》めしになれ。でかかろうが、ネズミはネズミだ。猫《ねこ》に勝てると思うなよ」

威嚇《いかく》のために、しっぽを高くくねらせた。

まったくひるまなかったのは、頭を傷《きず》だらけにされた頭目《とうもく》ネズミだけだった。

「おもしろいじゃねえか。そのしっぽを引っこぬいて、上着の飾《かざ》りにしてやるぜ」

頭目《とうもく》ネズミはたいまつをかかげたまま、反対の手を伸《の》ばして手下の武器《ぶき》を横どりした。

「おまえ、マッチは持っているな。先に行って、あの建物のまわりに火をつけてこい。なあに、火の手がまわってくる前に、こんなガキ、二度と日の目をおがめないようにしてくれる」

悲鳴《ひめい》なのか返事なのかわからない声をあげて、二匹《ひき》のネズミは、頭目《とうもく》のうしろからあわてて駆《か》けだした。

「あっ、待て――！」

さけぶタタンの鼻先すれすれに、つきだされた短刀がひゅっとうなった。

「おっと、おまえを切り刻《きざ》むのは、このおれだ」

たいまつの火明かりが、頭目《とうもく》ネズミの黄ばんだ目をぬらぬらと光らせていた。

◆

ソンガはひと息で、巨大《きょだい》な建物のなかへおどりこんだ。まるい天窓《てんまど》から、外では見えなかったはずの月の光がこぼれこんでいる。

そのさえざえとした光の下に、ハチミツ色の髪《かみ》と赤い服がはっきり見えた。

「リンゴ！　たすけに来たよ！」

ソンガの背中《せなか》から、ノラはさけんだ。なだらかな階段状《かいだんじょう》になった床《ゆか》、その中央に、リンゴはいた。リンゴともう一人、女の子のすがたがある。波打った、長く白い髪《かみ》の。

……手に楽器を持っているその女の子のまわり、そしてリンゴのまわりをとりかこむように、なにか大きな生き物の体が、とぐろを巻《ま》いていた。

「ノラ……ソンガ！」

リンゴが泣きさけんだ。若葉色《わかばいろ》の目が、必死でこちらを見つめている。

「……よけいな者が、ホゥカに近づいてはなりません」

急降下《きゅうこうか》しようとするソンガの前に、ぬらりと大きな頭が持ちあがった。真珠色《しんじゅいろ》の鱗《うろこ》、深いむらさきの目。その目がまばたくと、ノラとソンガは、水路でのときと同じに体の自由がきかなくなった。ソンガが空中でバランスをくずし、ノラは背中《せなか》から投げだされた。

浅く水がたまった床《ゆか》に、体がぶつかる。なまぐさい水が、髪《かみ》や服にしみこんだ。したたかにおしりを打ったノラは、痛《いた》みでぐらつく頭をふるいながら、顔をあげた。水を蹴《け》ちらし、こちらへ走ってくるリンゴが見えた。

「ノラっ！」

泣きながらひざをつき、リンゴがノラの首っ玉にしがみついた。ノラは、体にけががあるかたしかめるのも忘《わす》れて、リンゴの肩《かた》を抱《だ》いた。

「リンゴ、よかったぁ。会えなかったらどうしようかと思った……」

と、ノラのそばへ、よろめきながらソンガが着地した。

「泣くのは、無事に逃《に》げてからだ。いったいなんなんだ、このばかでかい魚は？」

ソンガがにらむ先、大きな鎌首《かまくび》をもたげたヘビのようなかっこうで、生き物がこちらを見おろしている。

「さ、魚？　竜《りゅう》じゃないの？」

ノラはリンゴと二人でソンガの背中《せなか》に乗るため、立ちあがろうと足に力をこめた。さっきの身動きを封《ふう》じる力がまだきいているのか、ぬるぬるすべる床《ゆか》のせいか、うまく立てずに何度もすべってしまう。

「魚だ。エラがあるだろう」

ソンガが言った。大きな生き物は、ふたたびその目をこちらへむけようとしていた。あのむらさき色の目には、相手の動きを封《ふう》じる力がある。また動けなくされる前に、ここから逃《に》げださなくては――

そのとき、ずるんと、魚はだしぬけに長い体をすべらせた。横ざまに転倒《てんとう》し、流れるようなヒレをばたつかせる。白いまつ毛をそなえた目をせわしなくまばたき、口をでたらめに開け閉《し》めした。

「あっ」

ノラは、生き物の体のむこう、天井をささえている柱と柱のあいだから見える荒《あ》れほうだいの森に、赤い色がにじむのを見た。火だ。盗賊《とうぞく》たちが、木々に火をつけているのだ。そのせいで魚は、苦しんでいるのかもしれない。

（逃《に》げなきゃ……いまのうちに）

けれども、あの白い髪《かみ》の女の子は？　魚は、このままにしていていいのだろうか？

ノラのおなかの底が、つめたくなる。竜《りゅう》のように大きく、しなやかな体をした魚は、浅い水の上で苦しそうにのたうっている。

「〈ラ〉だよ」

ノラにしがみついたまま、リンゴが言った。

「あれは〈ラ〉で、そこにいるのがホゥカ」

リンゴにつられて、ノラとソンガは床《ゆか》の中央に立ったままの女の子へ視線《しせん》をやった。女の子は、月明かりと自分の髪《かみ》の毛につつまれ、おだやかに目を閉《と》じて同じ姿《し》勢《せい》のままでいる。

「リンゴ……あの子。あの子、息してないよ」

女の子の体がとっくの昔につめたくなっているのが、ここからでもわかる。ほのかに開いたくちびるに、息はまったくかよっていなかった。ノラは、大きな身をうねらせてもがく魚を見やった。あの魚、リンゴが〈ラ〉と呼《よ》んだ魚が、女の子の体が朽《く》ちないようにしているのだろうか。

白銀《しろがね》の髪《かみ》の女の子は、ひとさおの弦《げん》楽器をたいせつそうにかかえている。

「――その子をつれていかないで」

〈ラ〉があえいだ。ノラは三つ編《あ》みをふるわせ、思わず〈ラ〉をにらみつけた。

「リ、リンゴのことも、あの子みたいにしちゃうつもりなの？　させないからね、そんなこと」

おそろしさでわななくひざに力をこめ、ノラはリンゴとささえあって、やっと立ちあがることに成功した。

白い鱗《うろこ》が、床《ゆか》にこすれてちぎれると、いやなにおいがきつくなる。それが森からただよってくる木々の燃《も》えるにおいと混《ま》じりあった。

「ちがいます。ホゥカは、ずっと一人ぼっちなのです。だれかが、ホゥカと同じ人の子が、そばにいてやらなくては……」

〈ラ〉がうめいたそのとき、女の子の髪《かみ》と同じ白銀《しろがね》の月明かりが、燃《も》え猛《たけ》る火の色のために灰色《はいいろ》にかげった。ソンガが前足をはねあげ、外へ顔をむける。

「まずいぞ。火がひろがってきた。ノラ、リンゴ、逃《に》げるぞ」

「でも……」

小さな声で言ったのはリンゴで、しかしその声はべつのだれかの声によって、すぐかき消されてしまった。

「ホゥカ！　おまえは……ホゥカじゃないか！」

二匹《ひき》の大きなネズミが、建物のなかへ駆《か》けこんできた。一匹《ぴき》は枝《えだ》の先に火をともしたたいまつをかかげており、もう一匹《ぴき》の、痩《や》せて顔に傷《きず》のあるネズミは、がくぜんとしたようすで立ちつくしている。

ソンガが盗賊《とうぞく》ネズミたちにむかって、ツノをかまえた。

盗賊《とうぞく》ネズミはノラのすがたをみとめると、たいまつを前へつきだしてさけんだ。

「見つけたぞ、魔女《まじょ》め！　よくも、おれたちに呪《のろ》いをかけやがって。おれたちを、もとのすがたにもどすんだ。さもないと、おまえを火あぶりにしてやる！」

炎《ほのお》を見せつけながらも、盗賊《とうぞく》ネズミはうろたえて、それ以上前へ出られずにいる。床《ゆか》の上に長い体をのたくらせる〈ラ〉のすがたに、ネズミは全身の毛を逆立《さかだ》てていた。

たいまつを持つネズミのうしろから、痩《や》せたネズミが駆《か》けだした。ばちゃばちゃと水をはねとばして、床《ゆか》の中心に立つ女の子のもとへ、転がるように走りよる。楽器をかかえた女の子の足もとへくずおれて、ネズミは悲痛《ひつう》な声をしぼりだした。

「なんてことだ……なんてことだ、ホゥカ……」

痩《や》せたネズミが、背中《せなか》をわななかせる。

リンゴを先にソンガに乗せようと、ノラは手を引っぱった。──ところが、つないでいた手が、するりとすりぬけた。

「リンゴ？」

ノラが呼《よ》んだときには、リンゴは足にまとわりつく水をものともせず、白い髪《かみ》の女の子、ホゥカのもとへ駆《か》けよっていた。ノラはあわてて追いかけるが、ぬめる床《ゆか》の上をリンゴのようにはやくは走れない。うしろには炎《ほのお》を持ったネズミがおり、夜の森ではどんどん火が育っている。床《ゆか》のむこうでは、巨大《きょだい》な魚が怒《いか》りに鱗《うろこ》をぎちぎちと鳴らしている。ノラの心臓《しんぞう》は、いまにものどをつき破《やぶ》って飛びだしそうだった。

「リンゴ、だめ！　逃《に》げないと……」

やっと追いついて肩《かた》をつかむと、リンゴはゆっくりと、こちらへふりむいた。ノラは、目をみはる。つぶらな若葉色《わかばいろ》の目、いつも不思議《ふしぎ》そうにまるまっているリンゴの目が、どこか別世界へ通じているかのような光をやどしていた。

リンゴはホゥカのかたわらに立ち、うずくまってふるえている痩《や》せたネズミを見おろした。

『お父さん』

リンゴの口から、聞いたことのない声が紡《つむ》ぎだされた。

『見つけたよ。お父さんの楽器。ちゃんと持っていたよ。これがあれば、むこうでもずっと演奏《えんそう》ができるよね』

「リンゴ……？」

ノラはそれ以上、リンゴに近づくことができなかった。リンゴと、もう生きていない女の子の二人から、知らない力が発せられているのを、かたい三つ編《あ》みが感じとる。

「お、おまえは、おまえは……」

痩《や》せたネズミが、がたがたふるえながら、リンゴと女の子へ顔をむける。顔の毛皮は、ぐっしょりと涙《なみだ》でぬれていた。

いつのまにか、大きな魚〈ラ〉はもがくのをやめ、頭を空中へもたげていた。〈ラ〉が、リン

ゴの言葉に耳をすましているのがわかった。ソンガはたいまつを持ったネズミへぬけめなく注意をむけながら、いつでも飛べるよう足に力をこめている。

『ここではもうだれも、音楽を奏《かな》でなくなった。歌も、演奏《えんそう》もなくなった。だけど、ここをはなれたって、音楽はできるでしょう』

すこし低い、けれどもどこかやんちゃそうな声が、リンゴの口を通して響《ひび》く。ノラの目にはいま、火を持って追ってきたネズミより、リンゴをさらった〈ラ〉よりも、知らない声でしゃべるリンゴのすがたが大きく映《うつ》った。

死者の声を、リンゴは自分の口を通してよみがえらせているのだ。

(聞いたことがある……魔女《まじょ》の、とっても古い力だって。いまでは、死者の声を正しく伝えられる魔女《まじょ》は、もういないんだって……)

聞いたのではなく、あるいは、読んだのだろうか？　ひいひいおばあさんの化身《けしん》の蛾《が》が見守る、北の塔《とう》の書庫《しょこ》で……

――この子からは、魔女《まじょ》の気配《けはい》がするね。

シュユ・シンの言葉が、ノラの耳にありありとよみがえった。

『お父さんの十弦琴《じゅうげんきん》をこっそりとりに来て、いそいでもどるつもりだった。だけど足をすべらせて、水に落ちてしまって……』

「ああ、ああ……」

痩《や》せたネズミは、うずくまってふるえるばかりだ。ノラは、混乱《こんらん》した。このネズミは、盗賊《とうぞく》の仲間だったはずだ。それがなぜ、この女の子を知っているのだろう？

『島の守り神さまと、仲間の魚たちが、あたしが朽《く》ちないように守ってくれていたんだ。……だけど、人がいなくなってしまったから、水路の水がだんだん消えて、魚たちは住めなくなっちゃった。もっと人間の音楽を聞きたがっていたのに。守り神さま、〈ラ〉だけになっちゃった。〈ラ〉は、もうきれいな水が残っていないのに、ここにいて、あたしの体と十弦琴《じゅうげんきん》をずっと守ってくれてたんだよ』

リンゴの口から紡《つむ》がれるホゥカの言葉を、〈ラ〉は長いまつ毛をふせて聞いている。

この魚は病気なのだと、ノラは思った。残りすくない、汚《よご》れた水のなかでたった一匹《ぴき》生きのびるうち、体も心も病《や》みついてしまった――

「……わたしの力だけでは、もうあまり長くホゥカの体を守っていることが、できなかった」

〈ラ〉が、深い声音《こわね》を響《ひび》かせた。

「人の子が来てくれれば。そうすればホゥカをなぐさめ、たすけてくれると思ったのです。この島で最後の、音楽を愛した人の子。かわいそうなホゥカを、たすけてほしかった」

そう言うと〈ラ〉は、床《ゆか》にたまっている水を口で吸《す》いあげ、鱗《うろこ》のはがれた体に力をこめて、空中へ泳ぎあがった。すさまじいはやさで柱のあいだをすりぬけ、〈ラ〉は水をふりまいて、森をむしばむ炎《ほのお》を消しとめにかかる。

「すまなかった。すまなかった、ホゥカ、ゆるしてくれ……」

痩《や》せたネズミが、声をふりしぼった。ホゥカは目を閉《と》じて月明かりを浴《あ》び、ぴくりとも動かない。

『あたしにはお父さんみたいな楽器の才能《さいのう》がなかったから――だから、いつもうらやましかったんだ。ねえ、遠くへ引っこして、べつの仕事をはじめても、やめないで。お父さんの大好きな音楽を、ずっとつづけていて』

天窓《てんまど》からこぼれこんでいた月の光が、ふとかげった。そのほのかな暗さにまぎれるように、天井をささえる柱のあいだに、あの猫《ねこ》の男の子が現れた。とっくにここをはなれたものと思っていたのに。なぜもどってきたのだろう？　それに……そうだ、盗賊《とうぞく》は三人組ではなかったか。もう一人は、どこだろう。

まっ暗だった森が、赤く燃《も》えている。あれはノラに、ノラだけにむけられるはずだった火だ。木の葉が焦《こ》げるにおいが、やがて雨のにおいに変わってゆく。〈ラ〉が舞《ま》い飛びながらふりまく水が、森につけられた火に立ちむかっていた。

ノラは息を止めて、自分の心臓《しんぞう》に、おどろけと命じた。おどろいて魔法《まほう》をかけて、まだ残っているあの火をみんな消しとめるのだ。こんなに、おどろくべきことがいくつも起こっているというのに――ノラの心臓《しんぞう》は、弱々しく脈《みゃく》を打つばかりで、な

ん の魔法《まほう》も引き起こそうとしなかった。

「……えい、なにをしてるんだ。さっさとその魔女《まじょ》を、とっつかまえろ！」

入り口の近くでかたまっていたネズミが、たいまつをソンガの眉間《みけん》めがけて投げつけた。四つ足になって、こちらへ駆《か》けてくる。飛びあがり、つめをふりあげる。ネズミは立ちつくすノラではなく、死者の声を伝えるリンゴめがけて、つめをふりおろそうとした。

たいまつと火の粉《こ》をふりはらい、ソンガが駆《か》けてくるが、まにあわない。ノラはとっさに、両腕《りょううで》をひろげてネズミとリンゴのあいだへ割《わ》りこんだ。

つめがふりおろされ、うしろから、リンゴの声にもどった悲鳴《ひめい》が聞こえて――

（ああ、ちゃんと魔法《まほう》が使えたら。そしたらもっとうまく、たすけられるのに）

するどいつめが、ノラのひたいを切り裂《さ》いた。

6　闇《やみ》のなかの出発

……ノラは、夢《ゆめ》を見ていた。

夢《ゆめ》のなかで、棲《す》み家《か》へ帰ってきている。北の塔《とう》が、上空の風にゆらゆらと揺《ゆ》れている。梁《はり》や柱が、うっとりとため息をつくようにきしんだ。

壁《かべ》の標本箱《ひょうほんばこ》から、ひいひいおばあさんの化身《けしん》の蛾《が》が、静かにはばたきのそよ風を送った。

ひいひいおばあさんの鱗粉《りんぷん》に導《みちび》かれて、ノラは本棚《ほんだな》から古い本をぬきとる。ページのあいだから、金色のホコリが舞《ま》い、それはひいひいおばあさんの鱗粉《りんぷん》と混《ま》じりあって、ノラのまわりをきらきらとただよった。

〝よく見つけたものだ。〈黄金《おうごん》の心臓《しんぞう》〉を持った、りっぱな魔女《まじょ》になってもどってきた〟

ひいひいおばあさんの声が、落ち葉の降《ふ》りつむように耳に響《ひび》いた。

〈黄金《おうごん》の心臓《しんぞう》〉は、そうだ、ノラの胸《むね》のなかに入っている。ノラは地面の上へおりて、それをちゃんと見つけてきたのだった。

これでノラも、りっぱな魔女《まじょ》の一員だ。

それなのに……胸《むね》のなかにおさまっている心臓《しんぞう》は、おびえたようすで脈《みゃく》をとぎれさせたり、急にいそいだりしながら、いかにも居心地《いごこち》が悪そうに動くのだった。

（なんだか、うんと前の心臓《しんぞう》に、もどったみたい。人間のお医者がなおしてくれたっていう、その前の、止まりかけの心臓《しんぞう》に……）

ノラはこの奇妙《きみょう》な感覚に慣《な》れなくてはと思いながら、本を読んだ。そうだ、ここで本を読んでいれば、安心だ。姉さんたちはここへは来ないし、ノラをびっくりさせるようなできごとなんて起こらない。ここにいさえすれば、もう大丈夫《だいじょうぶ》だ。

……ノラ、ノラ！　……

遠く、どこかから、呼《よ》ぶ声がした。まさか姉さんたちが、ノラを探《さが》しに来たのだろうか。ここにはズー姉さんが読むようなりっぱな本はないし、クモが巣《す》を張《は》っているので、ココ姉さんは近づくことすらきらうのに。また怒《おこ》られるのは、いやだった。本を読んでいよう。くずれかけの本棚《ほんだな》の裏側《うらがわ》へかくれていよう。

……ノラ、ノラ！　……

（うるさいなぁ）

ノラは、遠くから聞こえるその声を、無視《むし》することにした。声は、泣いているように聞こえたが、いまは静かな北の塔《とう》で、本に没頭《ぼっとう》していたかった。

……ねえ、ノラ……

声がはっきりと、泣いているのがわかった。夢《ゆめ》の殻《から》を破《やぶ》って、細い声が、ノラの頭に割《わ》りこんでこようとしている。けれども、ノラは目ざめたくなんてなかった。ひどく疲《つか》れていたし、こんなふうに落ちついて座《すわ》り、自分の心臓《しんぞう》の音だけに注意をかたむけるなんて、ずいぶんひさしぶりのことなのだ。壁《かべ》からは、ひいひいおばあさんの化身《けしん》の蛾《が》が見守ってくれている。このおだやかな時間を、もうしばらく味わっていたって、いいはずだった……

ところがふいに、言いようのない恐怖《きょうふ》が、ノラの夢《ゆめ》へ侵入《しんにゅう》してきた。ノラが読んでいる本から、ぼろぼろと文字がこぼれ落ちてゆく。手で押《お》さえようとしても、むだだった。文字はどのページからもこぼれつづけて、とうとうノラの持っている本は、なにも書かれていないのっぺらぼうになった。

夢《ゆめ》のなかで、ノラは立ちあがった。本棚《ほんだな》をうめつくし、床《ゆか》にまであふれている書物のすべてから、文字が逃《に》げだし、インクの洪水《こうずい》がうず巻《ま》いた。黒いうずに足をすくわれ、ノラはたおれながら、必死で手を伸《の》ばした。

（いやだ、たすけて。ひいひいおばあちゃん、あたし、ちゃんと魔女《まじょ》になったのに……）

壁《かべ》の標本箱《ひょうほんばこ》へ手を伸《の》ばしたとき、目の前を、とぷんと文字がはねた。インクの海におぼれかけながらも、ノラはそれを読むことができた。

ノラが　いるのは　魚の森

はっとした。

塔《とう》ぜんたいが苦しげにうめき、ノラはとうとう、インクのなかへしずんだ。

まっ暗だ……

✦

ひたいから血を流し、まっ白な顔をしているノラの上に、ふたたび月明かりがたっぷりとこぼれた。

「……だめです」

ノラをのぞきこんでいるのは、〈ラ〉だった。長いヒレを空中に揺《ゆ》らめかせ、ノラのちっぽけな顔に口を寄せて、〈ラ〉は力なくかぶりをふった。

「わたしには、生きた子どもをたすける力が、もうないようです」

深い泉《いずみ》のようにかがやく〈ラ〉の瞳《ひとみ》が、リンゴがひざの上にささえているノラの顔を映《うつ》す。森につけられた火は、もう消えていた。〈ラ〉が、この場に残った水をすべて使って、消しとめたのだった。階段状《かいだんじょう》の床《ゆか》をちょろちょろと流れていた水は、もうわずかも残っていない。

ノラを傷《きず》つけた盗賊《とうぞく》ネズミは、ソンガがツノでさんざんに痛《いた》めつけたため、文字どおりしっぽを巻《ま》いて逃《に》げていった。もう一匹《ぴき》の、いちばん体の大きなネズミは、建物のなかへ入ってきてノラを見おろす、あのどろぼうの少年が、追いはらってしまったらしい。

ソンガは、最後に残った痩《や》せネズミにもツノをぶつけようとしてふみとどまった。

「魚にたよろうなんて、思っていないさ。人間にたよるほうが、まだいくらかましだ」

ソンガは静かにノラを見つめる〈ラ〉をにらみつけた。そうしてリンゴの背中《せなか》を、鼻の先でつついた。ノラを、手あてのできる場所へつれていかねばならない。ぐったりとして動かないノラを運ぶため、猫《ねこ》の男の子が手を伸《の》ばそうとした。そのとたん、リンゴはノラの上におおいかぶさり、はげしく頭をふった。

「いや。だめ。猫《ねこ》」

にらみつけるリンゴに、男の子はこまったようすでしっぽをくねらせた。

「なにもしねえって。はやく手あてしないと、そいつ、死んじまうぞ」

「いやだっ！」

さっき、死んだ者の言葉を伝えたリンゴの力は、いまは体のどこにも見あたらなかった。消えてしまったのか、あるいは、どこかにかくれているのかもしれない。リンゴが声をよみがえらせた死者、ホゥカは、彫像《ちょうぞう》のようにそこに立ち、閉《と》じたまぶたのうしろになにもかもをかくしてしまっている。

「……き、傷《きず》を、その子の傷《きず》を見せてくれないか」

かすれた声をしぼりだしたのは、顔に傷《きず》のあるネズミだった。

「なにもしない。誓《ちか》うよ。せめて傷口《きずぐち》を洗《あら》って、血を止めなくては。そのあとで、わしのことは煮《に》るなり焼くなり、好きにしてくれ」

〈ラ〉の、大きな窓《まど》のような目が、悲しそうな色をたたえて痩《や》せたネズミを見ていた。

ソンガは、かつん、と、もう水のなくなった床《ゆか》をふみ鳴らした。

「どいてやれ、リンゴ。どうやらまともな手あての道具を持っていそうなのは、そいつだけだ」

リンゴはノラにおおいかぶさっていた体を、おずおずと起こした。

〈ラ〉が頭をしりぞけ、痩《や》せたネズミはノラのそばへかがみこむと、腰《こし》にさげた袋《ふくろ》から薬草と水筒《すいとう》をとりだして、手あてをはじめた。指をふるわせながらノラの傷口《きずぐち》を洗《あら》うネズミを、ソンガはじっと上からにらみつけていた。

ネズミはきれいに洗《あら》った傷口《きずぐち》に薬草をあてがうと、その上から手ばやく包帯《ほうたい》を巻《ま》いた。それでもノラは、目を閉《と》じたまま動かない。こわれた人形のようにぐったりしているノラよりも、楽器をかかえて立っている女の子のほうが、生きている者のように思われた。

「どうか、この子を死なせないでくれ……わしの命を、この子にあげてくれ。わしは、長らく探《さが》していた宝を見つけた。その声を聞いた。もうこれ以上、望《のぞ》むものはない。だからどうか、この子だけは……」

うなだれるネズミのひげを、涙《なみだ》が伝った。リンゴはどうするべきかわからずに、それを見守った。

〈ラ〉が、月光で織《お》りあげたような長いヒレを、小刻《こきざ》みにふるった。

「あなたは、ここで楽器を奏《かな》でる者の一人だったのですね」

〈ラ〉の言葉が空気をふるわせる。ノラの手あてをおえたネズミは、ふりかえるなり頭を床《ゆか》にこすりつけてひれふした。

「……そ、そうです。ここじゃ暮《く》らしてゆけなくなって、守り神さま〈ラ〉に音楽をささげることをやめた人間の、一人だ。この島で、〈ラ〉の眷属《けんぞく》の魚たちを生きられなくした人間だ。さぞかし、さぞかしうらんでおいででしょう」

「ここで音楽を奏《かな》でていたあなたが、なぜ森に火をつけた者たちといっしょにいたのです」

　声がいんいんと響《ひび》き、〈ラ〉が悲しんでいるのが伝わってきた。ネズミがきつく目をつむると、顔に走る傷《きず》がゆがんだ。

「ホ、ホゥカを探《さが》していたんだ。神炉《じんろ》のある村へ移っても、ホゥカはちっとも、新

しい暮《く》らしになじまなかった。いつも一人で、ぼうっと遠くをながめて……ある日、旅の楽団についていくと言って、聞かなかった。いくら止めても、あの子は、行ってしまった。どこかで幸せに暮《く》らしているんだろう、わしらがいっしょでなくとも……そう思いこもうとしたけれど、あの子がどこかで待っているような気がしてならなくて……仕事を捨《す》てて、さまよいはじめた」

ネズミが、ずずっと鼻をすすった。

「……さまよううち、生きてゆくために、人のものを盗《ぬす》むようになった。はじめは、旅人が捨《す》てたものや、忘《わす》れていったものを拾って飢《う》えをしのいで……そのうちに、連中に仲間《なかま》に引き入れられて……わしは愚《おろ》かなので、ほかに生きる道を思いつかなかったんだ。とにかく生きて、ほうぼうをわたり歩いていれば、いつかホゥカに会えるはずだと――」

しぼりだすようにそう言うと、ネズミは深く息を吐《は》いた。毛皮におおわれたその体が、吐《は》いた息のぶん、ひとまわり小さくなったように感じられた。

「わしの命でもなんでも、ほしいものはとってくれ。ホゥカに、娘《むすめ》に会うことができた。わしはもう、なにもいらない。ただ、こんな小さな子を巻《ま》きこんでしまったことだけは、なんとかしなければ……」

ネズミのすすり泣きに、深い声がかさなった。

「わたしは、わたしたちはもう一度、人間たちの歌を、奏《かな》でる音楽を聞きたかったのです。ここはとても美しい場所だったから――けれども、水がなくなり、ほかの魚たちが死んで、わたしは時間をかけて、病《や》んでゆきました。ホゥカの体をたもち、渡《わた》し守《もり》の亡霊《ぼうれい》を使って、ここに人の子がまた来るようにした。けれど……」

〈ラ〉は深いむらさき色の目を細め、星座《せいざ》の描かれた円天井へ首をさしのべた。

「もう水はない。最後の生き残りのわたしも、これ以上ここで生きていることはできません」

短い舌打《したう》ちの音で、みんなをふりむかせたのは、灰色《はいいろ》の猫《ねこ》の尾《お》をくねらせた男の子だった。

「むだ話は、それくらいにしろよ。こんな手あてだけじゃ、こいつはたすからないぞ」

「そうですね。魔女《まじょ》の寿命《じゅみょう》は人間よりずっと長いと聞きますが、このままのんびりとはしていられません。――ここからずっと西へ行くと、賢人《けんじん》たちの都《みやこ》があるといいます」

〈ラ〉は古い歌をたぐりだすように、そう告《つ》げた。

「そこに住む者たちは、学問にいそがしく、歌などうたうことはなかったといいますから、ここへは来たことがありません。けれど、その都《みやこ》へ行けば、きっとこの魔《ま》女《じょ》の子を救《すく》うことができます」

「遠いのか、そこは？」

ソンガの質問《しつもん》に、〈ラ〉は重々しくうなずいた。

「ええ。人の足でも、飛ぶヤギの足でも、昼と夜がいくつか必要でしょう」

「そんなに、のんびりしていられるか！」

猫《ねこ》の男の子が、牙《きば》をむく。〈ラ〉がまつ毛をふせ、こうべを垂《た》れた。

「そのとおりです。ですから、わたしがこの子を運びましょう。残った力をつくせば、空を泳ぎぬくこともできます。わたしはもう、ここへもどる必要もありませんから」

そう言いながら、〈ラ〉は雪の人形のように立っている女の子、ホゥカへまなざしをむけた。

「ゆるしてください。もうホゥカの体をもっていることができない。……その十《じゅう》弦琴《げんきん》を、ホゥカからうけとってあげてください。それをあなたにわたすために、この子はずっと待っていたのです」

〈ラ〉の言葉は、ネズミにむけられていた。ネズミが息をこわばらせ、ホゥカの白い両手がかかえている楽器をそっとうけとると、それまで動くことのなかった長い髪《かみ》が、はらはらと揺《ゆ》れ——目を閉《と》じた顔に、頰笑《ほおえ》みに似《に》た影《かげ》をたたえながら、ホゥカの体は、その場へくずれ落ちた。

あとに残った灰色《はいいろ》の土くれを、リンゴがまばたきをしないで見つめた。

「おい、おまえ」

ソンガが呼《よ》ぶと、三角耳をぴくっと動かして、男の子が猫《ねこ》の目をふりむけた。

「おまえが、ノラといっしょに行ってやってくれ」

すると相手は、ぎょっとしてしっぽをまっすぐに立てた。

「な、なんでだよ？」

「見ればわかるだろ。ヤギじゃ、〈ラ〉の背中《せなか》に乗れない。リンゴじゃ、ノラをささえつづけられない。全速力で追いつくから、先に行って、ノラをたすけてやってくれ」

「ねえ、なおるの？　ノラは、なおるの？」

たずねるリンゴに、ソンガはふてぶてしくうなずいた。

「なおらなければ、猫《ねこ》も魚もくし刺《ざ》しだ」

口を引き結んで考えこんでいた猫《ねこ》の男の子は、やがて自分の頭を引っかきながら、わかったよ、とさけんだ。〈ラ〉が、それを見てうなずく。

「雨が目じるしです。雨が降《ふ》りつづける、雨鳥《あまどり》の都《みやこ》へ着いたら、魔女《まじょ》の子を探《さが》してください」

タタンは、盗賊《とうぞく》ネズミの持っていたロープで自分とノラの体を結びつけると、ノラを背負《せお》って巨大《きょだい》な魚の背中《せなか》にまたがった。

「ねえ、名前は持ってる？」

駆《か》けよってリンゴがたずねると、猫《ねこ》の男の子はけげんそうにひげをざわつかせた。

「なんだ？」

「名前。持ってる？」

相手は、なぜそんなことを聞かれるのかわからないようすだった。青い猫《ねこ》の目を何度かしばたたき、眉間《みけん》にしわを寄せると、男の子はぎこちない調子で、こう言った。

「……タタンっていう」

リンゴは聞いた名前といっしょに、吸《す》いこんだ息を一瞬《いっしゅん》、胸《むね》のなかで止めた。

「タタン。ノラをたすけてね。お願い」

リンゴが言い、それをあいずに、〈ラ〉は建物の柱と柱のあいだをぬけて、空へ

とうねりあがった。一本の長い川が、いきおいよく流れさってゆくようだった。黒い雲間からこぼれる月明かりをうけて、〈ラ〉の鱗《うろこ》が数珠《じゅず》つなぎの星のようにきらめくと、魚のすがたはみるまに遠ざかっていった。

ノラがそばにいなくなると、とたんにリンゴは心細そうに両の手をにぎりあわせた。けれども泣くのをやめて、なにも言わずにソンガの背中《せなか》へまたがった。いつもノラがするように、うまくのぼることはできなかった。

「包帯《ほうたい》を巻《ま》いてくれたぶんの恩《おん》がえしくらいは、してやるよ」

ソンガはそう言うと、楽器をかかえているネズミの首根っこをぐいとくわえ、地面を蹴《け》った。〈ラ〉が島をはなれたので、まぼろしでできた渡《わた》し守《もり》のすがたは、もうどちらの岸にもなかった。

「う、わ、わ、わ……」

痩《や》せたネズミは引っくりかえった悲鳴《ひめい》をあげて、宙《ちゅう》づりになりながら、それでもけっして、十弦琴《じゅうげんきん》をはなさなかった。湖の上をひとっ飛びにこえ、ソンガが暗い道へおろしてやると、ネズミのかかえる楽器が、調子の狂《くる》った音を立てた。

「さよなら、ホゥカのお父さん！」

悲しみにうつむき、それでもいとおしそうに楽器を抱《だ》くネズミに、リンゴが呼《よ》びかけた。ヤギには関係のないことだが、手入れをしなおせば、あの楽器はまた心地よい音色を生みだすにちがいない。

ソンガはもう下など見ずに、四つのひづめで力いっぱい地面を蹴《け》りつけた。捨《す》てられた道にかぶさる木々の枝《えだ》をくぐりぬけ、高々と空へ駆《か》けあがった。すでに〈ラ〉のすがたも、その尾《お》の先すらも、見えなくなっていた。

「行くぞ、リンゴ」

「うん」

リンゴはうなずき、ノラよりもずっと弱い力で、ソンガの手綱《たづな》をにぎった。

まだまだ、夜明けには遠い時刻《じこく》のことだった。

日向理恵子（ひなた りえこ）
1984年兵庫県生まれ。主な作品に「雨ふる本屋」シリーズ（童心社）「火狩りの王」シリーズ（ほるぷ出版）『ネバーブルーの伝説』（角川書店）『迷子の星たちのメリーゴーラウンド』（小学館）『星のラジオとネジマキ世界』（PHP研究所）『魔法の庭へ』（童心社）などがある。

吉田尚令（よしだ ひさのり）
1971年大阪府生まれ。絵本や書籍の挿画などを手がける。主な作品に「雨ふる本屋」シリーズ（童心社）絵本『希望の牧場』『悪い本』（共に岩崎書店）『星につたえて』『ふゆのはなさいた』（共にアリス館）『はるとあき』（小学館）などがある。

いばらの髪のノラ ◆1 黄金の心臓

2024年4月15日　第1刷発行

作　日向理恵子
絵　吉田尚令
装丁　椎名麻美
発行所　株式会社童心社
東京都文京区千石4-6-6
電話03-5976-4181（代表）
03-5976-4402（編集）
印刷　株式会社光陽メディア
製本　株式会社難波製本

https://www.doshinsha.co.jp/
Published by DOSHINSHA Printed in Japan
ISBN978-4-494-02543-6
NDC913　19.4×13.4cm　295P